책과 사람,
삶이 머문 공간

책과 사람, 삶이 머문 공간

발행일   2019년 8월 16일

지은이   강상도
펴낸이   손형국
펴낸곳   (주)북랩
편집인   선일영   편집   오경진, 강대건, 최예은, 최승헌, 김경무
디자인   이현수, 김민하, 한수희, 김윤주, 허지혜   제작   박기성, 황동현, 구성우, 장홍석
마케팅   김회란, 박진관, 조하라, 장은별
출판등록   2004. 12. 1(제2012-000051호)
주소   서울시 금천구 가산디지털 1로 168, 우림라이온스밸리 B동 B113, 114호
홈페이지   www.book.co.kr
전화번호   (02)2026-5777   팩스   (02)2026-5747

ISBN   979-11-6299-826-7 03810 (종이책)   979-11-6299-827-4 05810 (전자책)

이 도서의 국립중앙도서관 출판예정도서목록(CIP)은 서지정보유통지원시스템 홈페이지(http://seoji.nl.go.kr)와
국가자료공동목록시스템(http://www.nl.go.kr/kolisnet)에서 이용하실 수 있습니다.
(CIP제어번호: 2019031259)

(주)북랩 성공출판의 파트너
북랩 홈페이지와 패밀리 사이트에서 다양한 출판 솔루션을 만나 보세요!
홈페이지 book.co.kr   •   블로그 blog.naver.com/essaybook   •   출판문의 book@book.co.kr

경남의 책방, 도서관에 깃든 소소한 일상의 공간을 엿보다

책과 사람, 삶이 머문 공간

강상도 지음

북랩 book Lab

경남의 책방, 도서관에서 소확행을 즐겨보자

어릴 적 시골에 살다 보니 책 읽을 곳이 없었다. 유일하게 마을회관에만 책이 있었다. 기증되었거나 낡은 헌책들이 뿌연 먼지에 덮여 좁고 텅 빈 공간을 채우고 있었다. 위인들의 전집류와 어렵고 딱딱한 역사와 철학, 꼬불꼬불한 영어로 쓰인 제목들이 알 수 없이 높고 넓어 읽기가 불편했다. 가끔 친구와 시간을 보낸 공간이 기억 속 저편에 남아있다. 그땐 그렇게 어렵고 단단한 문장들이 또 다른 세계의 문을 열어주는 생각의 도구라는 것을 미처 알지 못했다.

옛 철학자나 수학자, 역사학자를 만나니 힘겨웠던 일상들이 가끔 고전에 머물러 있는 듯하다.

그때는 도서관보다 동네 서점이 꽤 많았다. 서점에 들러 문제집을 구입하거나 선생님이 추천한 책을 사는 것이 조금은 익숙했었다.

큰 뿔테안경을 쓴 책방 주인은 무뚝뚝한 표정이었다. 하지만 그 내면에 풍기는 아우라가 책방을 빠져들게 하는 공간으로 만들었다. 책방은 친구를 만나고 이성을 만나는 장소이기도 했다. 책방 주인은 살아가는 이야기, 인생 선배로서 경험담과 조언도 가끔 들려주었다.

지금이야 발길 닿는 곳에 도서관이나 책방이 즐비하다. 온라인의 전자책, 오디오북도 한몫 거들고 사적인 공간에도 책은 일상의 일부분으로 자리 잡고 있다고 여겨질 정도다. 그러면서도 한편 자취를 감춰버렸던 동네 서점이 새로운 변모를 꾀하고 있어 행복한 비명을 누릴 수 있게 되었다.

기성 서점과는 다른 매력을 가진 동네 책방은 공간의 콘셉트와 주인장의 취향에 맞는 책을 만날 수 있고 저마다의 개성과 독특한 이야기가 매료될 정도로 다양화됐다.

요즘엔 책방을 찾는 사람들이 점점 늘어나고 있다. 어느 정도 시간을 내어 찾아가는 그 끌림의 원인은 책방 속에 잠재되어 있는 고유한 공간과 새로운 세계를 담은 책, 그중에서도 책방 주인의 삶이 함께 곁들어진 에너지가 고스란히 담겨있기 때문이라 생각한다.

동네 서점의 현실은 녹록지 않다. 퍼니플랜에 따르면 2017년 6월 기준으로 2년 사이 381곳이 등록되지만 동시에 42곳이 휴·폐점 상태다.

그렇지만 여전히, 대형서점과 인터넷에 밀리면서도 각자의 방식대로 책과 사람을 연결하고 있다.

책방은 단순히 책을 팔고 사는 공간에 머물지 않고 마을마다 가지고 있는 소소한 일상의 문화를 잇는다.

필자는 경남의 책방을 시간 날 때마다 찾아보았다. 그리고 책방 주인만의 취향과 정체성을 담아내어 이 책을 풍성한 이야기로 가득 메웠다.

창원부터(오누이 북앤숍, 산·책, 페이지31, 책봄, 학문당, 백석이 지나간 작은책방) 김해(페브레로, 달빛책방, 숲으로 된 성벽, 인문책방 생의 한가운데), 양산(동네책방 술술, 안녕 고래야), 진주(낯선책방, 보틀북스, 북 카페 지앤유, 동훈서점, 형설서점, 소문난서점, 진주문고) 통영(그리고 당신의 이야기, 봄날의 책방) 그리고, 남해(책의정원)와 밀양(청학서점)까지 각각의 책방은 독특한 매력을 가지고 동네의 문화공간을 새롭게 변화시키고 있었다. 책방을 연 사연도 달달하면서 애틋했다.

아직 찾아가지 못한 경남의 책방도 많다.

독립출판물을 파는 곳과 술, 책과 커피 등과 함께 책방을 만들어가는 사람, 한옥의 아름다움에 고스란히 멋을 빼앗기는 책방, 아이가 좋아하는 그림책으로 문을 연 그림 책방, 헌책만을 위한 곳과 게스트하우스를 활용한 책방 등 동네 책방은 저마다의 매력을 뽐내며 소소하고도 행복한 일상을 그려내고 있다.

사람들은 골목길 책방에서 일상의 여유와 행복을 찾아간다.

동네 책방은 여유가 있고 멈춤이 있다. 쉼표가 주어진다.

다양한 스펙트럼이 존재하는 곳이 책방이다. 과거에 머무르는 데 그치지 않고 일상을 들여다볼 수 있게 만드는 삶의 공간이자 문화가 태동하는 공간이다. 한 권 한 권 천천히 깊이 들여다보면서 나에게 맞는 책 한 권을 찾거나 책방이 품은 다양한 것들을 본다.

여름이 지나고 가을이 와도 불 밝힌 책방을 찾는 사람들이 넘쳐나기를 바라본다.

경남의 책방은 지금도 진화 중이다.

특히, 경남의 이색적인 작은 도서관엔 특별함이 존재했다. 사람과 책, 공간 그리고 사랑방 같은 즐거움이 서로 엮여있었다. 큰 도서관보다 장서와 공간은 부족하지만, 편하게 기댈 수 있는 공간이 매력적이었다.

"책 읽는 습관을 기르는 것은 인생에서 모든 불행으로부터 스스로를 지킬 피난처를 만드는 것"이라는 소설가 서머싯 몸의 말처럼 크고 단단한 피난처 안에 작은 도서관이 존재한다.

아이들의 웃음과 책장 넘기는 소리가 좋다. 책 속 놀이터에는 아이들이 즐길 거리와 이야깃거리가 많다. 특히 동네에 가면 가장 가깝고 들르고 싶은 곳이 작은 도서관이다.

창원(용지호수 어울림도서관, 숲속도서관, 사림마을도서관, 책빛나래 공유도서관), 김해(팔판작은도서관, 대우 유토피아 작은도서관, 김해율하도서관, 대포천작은도서관), 밀양(밀양향교 작은도서관, 토끼와 옹달샘 숲속도서관), 함안(도란도란 그림책버스), 창녕(우포자연도서관), 고성(동시동화나무의 숲) 그리고 삶의 인문 공간 생림면 북카페, 인문마실 등은 무언가 표현할 수 없는 각자의 매력으로 이용자들이 매료되기에 충분했다.

나는 책방과 도서관이 주는 따뜻함이 누구에게나 부담 없이 전해지고 무뎌진 일상을 풍요롭게 만들어 주기를 바라며 그곳에 가본 느낌들을 사실적으로 묘사했다.

첫 책이 나오기까지 힘든 여정과 고통이 있었지만 가끔 일상을 떠나 새로운 이야기를 듣고자 하는 이들에게 힘이 되리라는 믿음에서 용기를 내어 쓰고자 했다.

그 옛날 책방이 주는 포근하고 따뜻함이 묻은 소화행 같은 공간을 소개하고자 또 달리고 달려 삶을 들여다보고 준비하는 누군가에게 희망을 전해주고 싶었다.

각기 다른 색깔로 개성이 뚜렷한 어조의 속삭임, 희망을 품고 사는 그들의 이야기가 얼마나 나에게 큰 에너지를 던져주었는가? 책방과 도서관이 지금 놓인 곳과 앞으로 나아갈 걸음에 대한 고민을 언제나 가슴에 품고 한 걸음 한 걸음 살아가는 모습들이 늘 생생하게 들려온다.

사람과 책을 연결하는 힘이 작은 동네를 바꾸고 그 안의 문화가 다시 새로운 이야기로 만들어지기를 바라며 오늘도 그 길에 작은 책방과 도서관에 닿았다.

PART 2 경남의 책방

PART 3 경남의 이색 도서관

PART 4 삶의 소확행이 있는 인문 공간 이야기

PART 1

나의 도서관과
독서 이야기

1. 내가 생각하는
도서관 이야기 발언대

도서관이 가진 다양한 의미

어린 시절, 누나가 멀리 도시에서 일하고 휴가차 시골에 오면 꼭 책 몇 권을 사 가지고 오셨다. 그 책들은 고스란히 책장에 꽂혔다. 그때는 몰랐다. 책장에 있는 책들을 하나의 전유물로만 알고 있었다. 시골의 기나긴 겨울에는 마땅한 소일거리가 없었고 그 긴 시간을 어떻게 써야 할지 알지 못하던 어느 날, 하루는 따끈한 아랫목에 누워 어머니가 구워주신 고구마와 감자를 먹으면서 누나가 두고 간 문학부터 철학, 역사 책까지 읽기 시작했다. 아무도 방해하지 않는 그 아랫목에서 나는 책 속으로 빠져들었다. 거기엔 느림이 있었다. 책 속의 글 귀들이 나를 위로하고 동정하며 삶의 방향을 찾을 수 있도록 도왔다. 소중한 것들이 채워졌다. 채워진 시간은 나의 삶의 방향과 생각의 가치를 한층 더 높여주었다.

현대인들은 바쁜 일상으로 책을 접하는 시간이 그리 녹록지 못하다. 아마도 책이 딱히 갈망을 불러일으키지 않는다고 생각해서 그런 것 같다. 현대인들은 목마르고 갈망할 때 책에 집착하는 심리적 마술에 걸려있다.

우리는 잃어버릴 때 더욱 간절하게 행동으로 옮기는 것이 아닐까? 본래 책 읽기는 그렇지 않다. 자연스럽게 손에 잡히게 하는 것들….

글 속의 이야기, 정보들 또는 가슴에 와닿는 부분들이 모여 절실하게 반성과 성장을 도모할 수 있지 않을까?

우리는 도서관에서 그 해답의 다양성을 찾아 나설 필요가 있다. 경북 칠곡군에 있는 학상리 마을회관이 '북 카페 도서관'으로 바뀌며 60대 이상의 어르신들이 글과 연극을 배우고 시를 짓는 곳이 되었다. 이곳의 어르신들은 농사를 짓고 사는 농부이지만 배움의 시간만큼은 자신을 되돌아보고 삶의 주인을 찾기 위해 나서는 인문학도이며 소크라테스이다.

어르신의 삶처럼 인문학과 도서관은 그리 거창한 게 아니라 삶 그 자체이며 생활이었다. 책 읽기 운동을 가장 먼저 시도한 영국에서 도서관은 영국인에게 일상적 삶의 한 부분이 되고 있다. 도서관은 누구에게나 열려있는 공간이다. 아플 때, 슬플 때, 괴로울 때, 상심이 깊을 때 도서관은 마음을 열어주고 쓴 소리와 상처를 어루만져 주며 차별화되지 않는 관계성을 만들 어준다.

쓸데없는 것들을 하나하나 고귀한 것들로 만들어가는 도서 관은 우리에게 가까이 와있다. 어릴 때의 책 읽는 공간, 아랫 목 같은 동네 도서관이 어르신, 청소년, 여성, 어린이 등의 모 든 세대를 아우르는 인문학의 공간이요 지혜의 놀이터다.

시골 아랫목에 누운 듯 편안함과 느림의 미학이 공존하는 그런 우리 동네 도서관이야말로 사람 냄새가 나고 책 냄새가 풍긴다.

동네 도서관마다 특색 있는 프로그램을 가동할 필요성이 있다. 이곳은 인생학교 교실, 저곳은 인문학 모임의 장소, 여기 는 사람책 도서관. 이 모든 것이 마을 사람 스스로 멘토가 되 고 멘티가 되어 이룰 수 있어야 한다. 도서관이 사람 냄새가 나는 아랫목 같은 공간이 되고 도서관에서 길을 묻고 인문학 (라틴어: 후마니타스)을 생각의 길로 나아가게 할 수 있는 인성적 환경 여건이 마련되어야 한다.

오늘은 동네 도서관, 책 읽기 좋은 날

　우리는 일상 속에서 바쁘게 살아가고 있다. 지친 삶은 늘 휴식을 원한다.

　창밖의 풍경은 5월의 푸르름이 녹음을 짙게 덧칠해 놓았다. 요즘, 땅 위나 아래를 들여다보면 보이지 않는 것들이 눈에 들어온다.

　작지만 벽을 향해 손짓하는 민들레, 봄꽃 위에 부지런히 다니는 꿀벌의 행진, 앙증맞은 무당벌레의 속삭임은 가까이 보고 오래 보아야 볼 수 있는 일상의 작은 행복이다.

　어릴 적 시골 마을은 자연이 교육이었다. 봄이 오면 강가에 버드나무가 지천으로 늘었다.

　동네 친구들과 버들가지 껍질을 비틀어 버들피리를 불었다. 내뿜는 소리는 어느 악기보다 단단하고 부드럽게 울려 퍼졌다. 수줍던 시골 소년들의 맑은 울림이 아직도 귓가에 생생하게 맴돈다.

　지금이야 놀이문화도 변하고 마을의 분위기도 변했다. 아이들의 놀이터가 점점 슬림화되어 가는 것 같아 안타까울 따름이다.

하지만, 마을마다 생긴 동네 도서관이 놀이의 문화를 좋은 이야기로 풀어가고 있음에 그 의미를 되짚어 볼 필요성이 있다 생각됐다.

이소이 요시미쓰가 쓴 『동네도서관이 세상을 바꾼다』에서는,

> "동네도서관은 책을 매개로 사람과 사람이 만나 교류하는
> 모든 '활동'을 통칭하는 말이다."

라고 정의하고 있다. 사람과 책 그리고 그 공간이 부여하는 의미는 무한하다.

우리가 알고 있는 빌 게이츠, 스티브 잡스, 일론 머스크 등이 가진 창의력과 생각의 힘의 원천도 동네 도서관에서 나왔다. 그들이 그곳에서 꿈을 키워왔음에 주목할 필요성이 있다.

주말을 맞아 마을에 있는 동네 도서관에 가보았다.

5분 정도 걸린 동네 도서관 입구에서 아담한 꽃들이 반겼다. 칡넝쿨로 뒤덮인 쉼터는 휴식하기에 더한 곳이 없다.

도서관 게시판에는 독서 행사가 참 많았다. 인형극, 월별 행

책과 사람,
삶이 머문 공간

사, 원화 전시, 주말 행사 등 가족들이 즐길 거리가 풍성했다. 이것 외에도 책 모임, 독서교실, 독서프로그램 등이 있어 평생 학습으로서의 역할도 든든하게 뒷받침해 주고 있었다.

종합자료실 복도에서 사서들이 권하는 책들의 서평이 관심을 끈다. 자료실에서 청소년, 성인, 큰 글자책, 만화 코너가 마련돼 이용자를 배려하는 서비스가 곳곳에 묻어나는 것도 눈에 띈다.

책장 사이로 들어오는 햇살이 깊은 세계로 인도한다. 과거의 사람을 만나고 어쩌면 꿈꾸던 세계에 들어간 듯 머릿속이 행복한 기운으로 가득해진다.

요즘의 도서관은 놀라운 서비스로 이용자의 마음을 사로잡는다. 하지만 좋은 서비스도 사용하지 않으면 무용지물이 될 수 있다.

동네 도서관을 열어가는 사서는 책을 찾아주고 정보를 알려주는 동시에 따뜻함과 배려, 책과 이용자의 대화를 매개해 주는 그런 특별함과 전문성이 결합된 코디네이터다.

책장 한구석에서 책을 읽는 한 소녀의 모습은 참 아름답다. 최근에 빌려다 본 책에서 읽은 구절을 그 소녀에게 속삭여 주고 싶었다.

> "책 읽는 건 참 좋은 일이야. 하지만 다 읽고 나면 자기 발로
> 걸음을 내디뎌야 하지."

- 『책을 지키려는 고양이』 중에서

동네 도서관은 그저 책을 읽고 편안하게 쉬다 갈 수 있는
곳, 마음속 결핍을 채워주는 곳이다. 아이들에게 책을 읽는
길을 열어줄 뿐만 아니라 책과 관련된 놀이 문화 공간을 다양
화하여 도서관이 즐거운 곳이라는 인식을 심어주면 좋을 것
같다.

책 한 권에는 수많은 이야기가 존재하고 동네 도서관은 그
수많은 세계가 만들어지는 공간이다.

무딘 삶 또한 동네 도서관에서 삶의 일부분으로 머금어간
다. 도서관 공간이 주는 역동적인 이야기는 계속 성장한다. 책
읽기 좋은 날, 동네 도서관으로 아이들과 함께 꿈꾸는 행복한
여행을 떠나보면 어떨까?

책과 사람,
삶이 머문 공간

학교 도서관은 행복한 책 읽기의 출발점

책을 읽는 것은 다양한 삶을 경험하는 기회를 가지며 자신의 세계를 만들어가는 것이다.

즉, 이야기 속에 등장하는 다양한 상황을 통해 사회가, 혹은 자신이 처한 상황에 대해 반복해서 질문하고 저항하면서 오롯한 자신의 생각을 세우게 되는 것이며 생각하는 힘을 키우고 아름다움에 감동하며 궁극적으로 행복한 삶으로 향하는 것이 책 읽기의 가치이다.

책 읽는 아이들에게 책 속의 다양한 삶이 좋은 멘토가 됨을 알려준다면 자신의 삶을 스스로 풍요롭게 만들어갈 수 있을 것이다.

『고문진보(古文眞寶)』에는 "책을 읽으면 만 배의 이익이 있다."라는 말이 있다. 그만큼 다독을 통해 좋은 말과 글을 이롭게 사용할 수 있다는 뜻이다.

학교 도서관에서 양질의 저서를 읽을 수 있도록 좋은 환경을 조성하기 위한 노력이 필요하다. 아이들이 책을 읽으며 자신과 세상을 새롭게 발견하고 배움과 성장의 기쁨을 체험할 수 있는 무한한 우주의 공간이 되어야 한다.

그래서 학교 도서관에는 아이들을 성장시키고 행복을 나누어줄 수 있는 사서가 필요하다.

사서는 특히 소수의 소외된 아이들에게 주의를 기울이고 사랑을 주어야 한다. 도서관에서 쉬는 시간과 방과 후 시간에 혼자 오는 아이를 유심히 살펴보면 그 아이가 얘기하지 못한 마음의 상처가 있음을 알게 될 것이다. 그런 그들을 보듬고 돌보는 사람이 사서가 되어야 한다.

우리 학교도 그런 학생이 몇몇 보인다. 나는 그중 한 학생과 대화하는 것을 좋아한다.

"형식아! 오늘도 혼자 도서관에 왔네! 무슨 책을 읽고 있니?"

이런 대화는 아이들에게 친근감을 주고 더 나아가 친구처럼 다가가서 그들의 고민을 들어주고 치유해 줄 수 있는 힘이 될 것이라고 나는 자부한다.

아이들은 학교 도서관에서 자신이 생각하지 못한 것을 발견하고 상상하며 더 큰 세상을 만난다. 그 우주 공간 속에서 책의 주인공과 함께 깊은 생각과 마음을 만들어간다.

학교 도서관은 희망이며 꿈이다.

책 모임, 책 놀이, 독서치료, 독서토론 등 다양한 독서활동을 할 수 있는 학교 도서관에 대한 희망을 꿈꾸어 본다.

이반 일리치(Ivan Illich)는『성장을 멈춰라! 자율적 공생을 위한 도구』에서 아무리 함께 나누어 써도 부작용이 없는 세 가지를 자전거와 도서관 그리고 시라고 하였다.

학교 도서관에서의 공생의 도구는 학생과 사서 그리고 책이다. 우리는 그 길을 함께 찾아 나서야 한다. 행복한 책 읽기의 출발점이 행복한 미래를 열어가는 단서이기 때문이다.

학교 도서관은 늘 아이들과 함께 희망을 꿈꾸고 지혜를 만들고 미래를 가꾸는 희망찬 사랑방 역할을 할 것이다.

이제 학교 도서관에서 희망을 노래할 때이다. 학교 도서관에서 행복한 책 이야기를 같이 경주해 보시지 않겠는가?

그 특별한 존재, 도서관에 기대어

봄이라는 계절은 설렘이 있고 기대감이 있다. 산에 핀 산수유와 진달래는 한 폭의 수채화처럼 눈에 즐거움을 주며 들에는 달래, 냉이, 봄동, 취나물이 입안 가득 향긋한 맛을 자극한다. 봄은 수많은 사잇길을 엮어가는 사람들의 보물창고였다.

얼마 전 동네 작은 도서관에 들러보니 햇살 가득한 창가에서 동생에게 그림책을 읽어주는 아이를 보고 얼마나 예뻐 보였는지 미소가 절로 났다. 수많은 이야기가 숨어있는 도서관은 누구에게나 열려있는 보물창고다. 그래서 봄과 도서관은 닮은 점이 많다.

봄 햇살에 비친 도서관 창틀에 가만히 기대어보면 포근하다. 서가에 꽂힌 책들이 속살을 드러내듯 고전과 현대가 공존한다. 가만히 둘러보아도 책으로 가득한 서가는 마음을 풍성하게 담아낸다.

책은 누구에게나 공평하며 위안과 행복감을 주었다. 삶의 방향에 대한 조언도 서슴지 않았다.

정조대왕은 어좌 뒤에 '일월오봉도' 대신 '책가도'를 그려 넣을 정도로 천성적으로 책 읽기를 즐겨 했으나 나랏일에 바빠 책 읽을 시간이 부족하여 아쉬워했다고 한다.

정조 역시 책에서 무수한 변화의 가능성, 깨달음의 가능성을 찾아 백성을 위한 새로운 정치를 꿈꾸지 않았을까?

도서관에 있는 책들 중 누구는 새 책에 손이 가고 또 누구는 손때 묻고 너덜너덜한 것들이 먼저 눈에 들어온다. 계속 읽다 보면 뚝배기같이 깊고 진한 국물 맛을 탐닉하듯 한 권의 책을 정독하는 기쁨이 있다.

학교 도서관에서 몇몇 아이들을 유심히 살펴보니 책을 읽고 독서기록장에 느낀 점을 적는다. 독서기록에 얽매이다 보면 전체적으로 책 읽기가 겉핥기식이 되어버리기 마련이다. 한 권의 책을 끝까지 읽고 생각하는 시간을 가져야 한다. 책을 읽으면 생각을 한다. 생각할 수 있는 힘을 길러주는 데 도서관만한 공간도 없다.

도서관은 끊임없이 성장하는 유기체다. 사유하는 이성을 담고 있는 우주다. 모든 학문을 아우른다. 정보에 접근하고 이용자가 원하는 가장 이상적인 답을 찾아주는 사서의 노력도 필요하므로 도서관과 사서는 떼어야 뗄 수 없는 동반자다. 사서는 단순한 북 큐레이터가 아니라 책을 좋아하는 아이에게 길잡이의 역할을 해주며 끊임없이 고민하고 관심을 기울여 줘야 한다.

서울 마포구에 위치한 〈사적인 서점〉은 한 사람만을 위한 예약제 서점이다. 오픈데이로 운영되는 토요일을 제외한 나머지 엿새 동안은 오직 한 명만을 위해 열리는데 손님의 취향과 관심에 맞는 맞춤형 책을 처방하여 권하고 싶은 문장을 발췌하기도 하고 때로는 개인적인 이야기도 곁들어 준다.

동화책『마틸다』에 나오는 펠프스 사서처럼 마틸다라는 꼬마 이용자에게 책과 함께 여행을 떠나 흥미로운 세계를 방황하게도 해주고 소녀의 눈높이에 맞춰 삶의 조언도 해주는, 책에서만 보던 사서가 필요하다.

도서관은 누군가에게는 삶의 충족을, 누군가에게는 생각하는 공간을 제공한다. 고군분투하는 취준생, 지적 목마름을 가진 이, 나를 찾는 여행자를 위하여 늘 존재했다.

그 특별한 존재, 도서관은 여전히 우리 삶에 스며들어 있다.

학교 도서관의 숨어있는 공간의 힘

푸르름이 연둣빛으로 물든 시기에 길에서 만난 작은 생명들도 옹기종기 생명을 엮는다.

6월, 학교의 교정에도 예쁜 꽃들과 식물, 채소가 여기저기 땅을 박차고 어느새 열매를 맺고 꽃을 피워 수줍은 듯 아이들처럼 살며시 속삭임을 전한다.

학교에서 아침에 가장 분주한 곳이 학교 도서관이다. 일찍 온 아이들은 스스로 책을 읽거나 검색을 하거나 책을 빌려 가는 학생들로 가득하다. 교실로 간 아이들은 아침 독서시간을 가진다.

학교 도서관은 보이지 않는 아이들의 꿈과 가슴 뛰는 자기만의 행복한 공간이자 위로의 공간이다. 그만큼 중요하고 함축적으로 녹아있는 공간이자 심장이다.

학교 도서관은 정적이지만 때론 동적으로 움직이는 공간이다. 책 읽기부터 독서토론, 활용 수업, 도서관 행사, 책으로 엮어낸 다양한 책 놀이 등은 도서관을 에너지로 가득 메웠다.

책을 통해 공감하고 이해할 수 있어 즐겁게 흡입하는 곳이다. 작은 움직임들이 역동성을 풀어낸다.

학교 도서관은 과거와 현재, 그리고 미래로 가는 지식 정보형 보물창고다. 평생교육으로 가는 통로다. 또 하나의 교실 교수학습공간이라고 할 정도로 학교 도서관은 책의 배경이 아니라 책을 연결하는 하나의 소우주다. 든든한 내면을 만들고 꿈을 키우는 곳이다.

숨겨져 있는, 보이지 않는, 드러나지 않는 곳이 도서관이지만 어쩌면 그런 매료에 도서관을 찾고 마음을 다독이는 힘에 끌림을 준다.

학창 시절, 도서관이 없던 시골 학교에서 가끔 2시간이 넘는 읍내에 나와 서점을 들르거나 도서관에서 시간을 보내곤 했었다.

그 시절의 도서관은 나에겐 신세계였다. 서가에 촘촘히 꽂힌 책들이 끝도 없이 늘려 있었다. 많은 책 중에 특히 눈에 들어오는 판타지 소설은 보고 또 보아도 상상 그 이상으로 신선한 충격이었다.

그때의 도서관에서 읽는 것들이 지금은 아련하게 그 기억들이 스며든다. 도서관은 그렇게 한 사람 한 사람 새로운 경험의 세계로 이끌어냈다.

학생들은 창가의 열람대에서 서가에서 또는 편안한 소파에서 기대어 책을 읽는다. 공간이 주는 아늑함과 색감, 디자인이 책 읽는 편안함을 만들어 준다.

그 공간의 가치는 사유의 세계로 이끈다. 또는, 인문학적 연결선상에 있다.

세계행복지수 1위인 핀란드 아이들은 "자연스럽게 책과 친해지고 그 속에서 삶의 지혜를 익히고 다양한 사고를 한다."라고 전한다. 어릴 때부터 책과 친해지는 삶의 영역인 도서관은 익숙했고 그 공간은 안식처와 같은 존재다.

학교 도서관에서 사서의 중요성은 아무리 강조해도 지나치지 않는다. 책을 매개로 고민하고 꿈꾸는 세계로 이끄는 역할을 한다.

사서로 인해 학교 도서관은 중심부터 진화하고 발전하고 있음을 간과하지 않을 수 없다.

4차 산업혁명 시대에 창의적인 발상적 전환을 위한 학교 도서관이 학교에서 숨어있는 공간의 힘을 통해 함께 열어가는 인식에서 시작됨을 열려있는 사고가 반드시 필요하다.

책과 사람,
삶이 머문 공간

어쩌면 도서관의 공간은 깊이 파고들수록 그 여운은 오래 남으며 보이지 않는 깊은 울림이 있을 것이다.

2. 내가 생각하는
독서 이야기 발언대

독서의 첫걸음 '이끌림'

어머니는 늘 말씀하셨다. "밥, 먹었니?" 어디에 있든 삼시 세 끼를 꼭 챙겨 먹으라 하신다. 그런 버릇들이 어느 순간 어른이 돼서도 습관처럼 남아 꼭 아침을 챙겨 먹고 출근을 한다. 아침이 든든하니 하루의 충만함이 가득해지는 것 같다. 반면 일상에서 "너 책 읽었니!"라고 질문하는 것은 상당히 부담스러운 말로 모든 사람이 싫어하는 대화 주제이다.

왜 그럴까? 당연히 일상이 되고 자연스러워야 할 말인데 주변을 살펴보면 그렇지 않다. 학생은 아침밥을 든든히 먹어야 하루가 즐겁고, 학습에 대한 집중력이 높아진다. 독서도 마찬가지다. 밥 먹듯이 내 마음에 이끌리는 대로 하루의 책을 결정하는 습관을 들이면 독서의 경험이 달라진다. 하지만 그런 과정은 참으로 어렵다. 밥 먹듯이 책 읽는 습관을 들인다는 것은 몸과 마음을 다해 읽어야 한다는 뜻이기 때문이다. 어떻게 하면 책을 좋아하고 일상에서 밥 먹듯이 소화를 시킬 수 있을까?

밥은 반찬과 같이 먹으면 더 맛있고 입맛이 돈다. 책은 어떤가? 밥은 독서 자체이고 반찬은 책을 읽기 위한 마음, 시간, 공간이라 생각하자. 독서의 마음가짐, 그 첫 번째가 중요하다. 흉내 내는 독서는 오래가지 못한다. 억지로 하면 그건 허울에 불과한 독서가 된다. 마음으로부터의 진정한 이끌림, 어떻게 하면 될까?

가끔 작가의 강연이나 도서관에서 하는 아카데미 특강을 가면 나 자신도 작가와 동화돼 책을 읽고 싶은 심적 의욕이 충만해질 때가 있다. 그러나 그것은 한시적일 뿐이다. 모든 일은 자발적인 노력이 동반돼야 좋은 결과로 이어진다. 독서도 같다. 몸과 마음속에 가득 찬 잡념을 버린 후에 마음으로부터 이끌리는 책을 읽는 것이 첫 번째 책 수련이 되지 않을까? 초등학교 때 꼭 가르쳐줘야 할 과정이 책 읽는 마음가짐이다. 독서가 교과과정에 필수적으로 들어가면 좋을 것 같다. 오랜 세월이 걸려도 독서하는 습관을 만든다면 행복한 나를 만드는 힘이 되고 문화를 성장시킬 것이다.

따라서, 책 읽는 시간을 많이 가질수록 독서하는 습관은 좋아진다.

책 읽는 시간은 개인 차이가 있다. 자투리 시간 또는 나의 자유로운 시간을 언제나 조금씩 남겨놓고 그 시간을 잘 활용한다면 나름 몸에 밴 독서 습관을 지속할 수가 있다. 세종대왕은 신하들을 위한 독서 정책으로 '사가독서[1]' 제도를 시행했는데 이 제도는 그 당시 획기적이고 창조적인 아이디어임에 틀림없었다.

현대사회에서도 책 읽는 시간은 중요하다. 자기만의 독서 시간을 만들어보자.

요즘은 책 읽는 공간이 많다. 북 카페, 도서관, 책방, 공원, 캠핑장 등 다양한 장소에서 책 읽는 공간이 늘어가고 있다. 집에서 거실을 서재로 만들어놓고 활용하는 가정도 있다. 책 읽

---

1 사가독서제(賜暇讀書制): 조선시대에 국가의 유능한 인재를 양성하고 문운을 진작시키기 위해서 젊은 문신들에게 휴가를 주어 독서에 전념할 수 있도록 한 제도

책과 사람,
삶이 머문 공간

는 장소는 자기가 보았을 때 가장 편안한 것은 오히려 피하는 게 좋다. 딱딱하지만 집중할 수 있는 장소를 고르자. 너무 편안한 장소는 정신을 흩트리고 잡념을 생기게 하기 때문이다. 온몸으로 해야 하는 것이 독서이다.

2015년 한국출판저작권연구소에서 조사한 1분기 가구당 도서구입비를 살펴보면 22,123원이라고 한다. 작년에 비해 8.0% 감소해 2003년 이래 최저치를 기록했다. 그만큼 책을 읽지 않는다. 책에는 끌림이 있고 여유가 있어야 한다. 책 읽기를 통해 양질의 삶이 만들어진다.

삶은 늘 노력이 수반돼야 결과로 나타난다. 책을 읽는 것은 쉽다. 그러나 한 권의 책을 나의 것으로 만들어가는 것은 어렵다. 몸과 마음을 다해 이끌림의 정신으로 읽어야 한다.

여름휴가가 다가온 시점에서 휴가를 떠나기 전 책 한 권을 가져가 보자. 뭐든지 처음이 어렵지 하고 나면 지적인 삶이 충만해진다.

오늘 서점을 가거나 도서관에 들러 나에게 책 한 권의 이끌림을 경험해 보는 것 어떨까?

아이들이 먼저 책을 좋아하게 만들어보자

2013년, 문화체육관광부가 발표한 국민독서실태조사에 따르면 독서가 자신의 삶에 필요하다고 인식하고 있으나 실제 독서량은 부족하다고 답한 비율이 높았다고 한다. 독서 의지력보다 독서 실천력이 떨어지는 현상이야 그다지 새로울 게 없으나 좋지 않은 독서 행동이 오래가는 현상을 우리는 경계해야 한다.

'읽어야 한다'는 독서 강박증, '읽기 싫다'는 독서 부담감이 반복되면 스스로 책 읽기를 포기하고 싫증 내는 것이 당연한 현상일지도 모른다. 이런 경우 어떻게 하면 책을 가까이할 수 있을까?

우리 학교에서 생긴 좋은 책 읽기 사례를 한 가지 곁들여 본다. 5, 6학년 대상으로 독서토론 동아리를 1년 과정으로 만들었고, 아이들이 서로 같은 책을 가지고 느껴보고 만져보고 이야기해 보며 나름의 성장을 이루어낸 적이 있다. 학교 도서관 공간을 구석구석 돌아다니며 어떤 책이 꽂혀있는지 살펴보고 그 공간에서 서로 부딪치며 소통의 공간, 믿음의 공간, 이야기가 있는 공간을 만들어갔다. 우리 학교 도서관에서 제목이 가장 긴 책 찾아오기, 책 피라미드 쌓기, 책 가장 높게 쌓기, 그림책 이야기 표현해 보기 등 다양한 방법으로 책을 가지고 놀이를 만들다 보니 아이들의 마음에 책이 스며들고 있었다.

아이의 다양한 성향들이 모여 좋은 독서 모임이 된다.

천천히 느리게 타인과의 교감을 통해 책 읽는 마음이 생긴다. 이런 몸과 마음이 아이의 성장을 돕는다.

아이들에게 무작정 책을 읽게 하기보다 책을 좋아하게 만드는 것이 먼저다. 이 또한 고민하고 풀어가야 할 몫이다.

책 읽기를 강요하는 것은 장기적으로 좋지 않은 결과를 낳는다. 아이들이 자연스럽게 스스로 책을 접하는 것은 어렵다. 그래서 더욱 부담 없이 책을 좋아하게 되도록 교사와 사서의 역할이 중요하다.

책 읽기에 대한 고민

여름방학이 시작되는 날, 운동장에도 교실에도 아이들은 없다. 학교 뜰에 있는 식물들이 어느새 아이 키만큼 자라 예쁜 얼굴로 고개를 내민다. 나팔꽃이 교실 창틀로 뻗어가는 모습을 보니 아이들이 그리운가 보다.

방학이 되면 아이들이 가장 많이 찾는 곳은 학교 도서관이다. 시원하기도 하고 또래 아이들도 많고 낯설지 않기 때문이다. 낯설지 않은 곳, 자연스러운 곳이 도서관이다.

책 읽는 아이들의 모습만 보아도 예쁘다. 그중에 몇 명은 떠들고 뛰어다니는 학생도 있지만 도서관에 온 것만 해도 대견스럽다. 도서관은 그런 곳이다. 아이들을 위한 하나의 우주가 존재하는 상상 그 이상의 공간이라 하겠다.

방학 중 학교 도서관은 다양한 독서 프로그램을 통해 책 읽는 활동에 그치지 않고 책과 놀이가 결합된 독서교실을 열고 있다. 아이들은 그 속에서 책에 대한 다양한 맛을 맛보게 된다. 삶을 생각해 보면 여러 경험을 맛본 사람이 성숙한 내면을 갖게 된다는 것을 알 수 있다.

독서 피서라고 여름휴가를 이용하여 책을 읽으라는 문장을 심심치 않게 신문이나 뉴스에서 접한다. '휴가철에 읽기 좋은 책', '여름방학에 권하는 책'을 선정하고 발표하지만, 한낱 일회성에 지나칠 수도 있다. 책 읽는 데는 계절이 따로 필요하지 않다. 그저 책을 읽고 싶을 때 가장 편안한 자세로 책장을 펴고 텍스트를 이해하며 읽어가면 된다. 이런 행동과 습관이 오랜 시간이 걸린다는 것이 문제다. 세종대왕은 신하들에게 휴

책과 사람,
삶이 머문 공간

가를 주면서 이 기간 집에서 책을 보면서 공부하는 '사가독서'를 실행하였다. 현대 직장인들에게 부러운 제도가 아닌가? 독서란 이런 것이다. 모든 이를 아우르는 공감의 책 읽기, 부담 없는 책 읽기가 책을 가까이하고 습관이 되게 하는 비결일지도 모른다.

다니엘 페나크는 『소설처럼』이라는 책에서 "어른은 아이가 스스로 능동적으로 책을 읽을 때까지 믿음을 가지고 기다려 줘야 한다."라고 말했다.

가장 좋은 것은 스스로 읽는 습관이라 하겠는데, 사서가 가장 많이 고민하고 있는 문제이기도 하다. 아이들은 책을 좋아한다. 하지만 꾸준히 읽지는 않는다. 깊이 있는 독서보다 먼저 독서의 즐거움을 느껴야 하는데 우리가 이 부분에 대해 상당히 간과하고 있기 때문이다.

즐거움이란 무엇인가? 국어사전에서는 [명사] 즐거운 느낌이나 마음, 채인선의 『아름다운 가치사전』에서는 좋은 것, 만족스럽고 행복한 것, 나도 모르게 콧노래가 나오는 것이라 한다.

책이 주는 즐거움이나 흥미는 가장 원론적이면서도 가장 기본이 되는 독서의 첫걸음이라 하겠다. 또래 친구들과 함께 서로 바꾸어가면서 책을 읽고 이야기를 나누는 풍경을 종종 학교 도서관에서 보게 된다. 아이들은 또래 친구와 책 읽는 교감에서 즐거움을 찾을 수도 있다. '책을 읽는다.' 이 행위는 그냥 재미있고 즐거우니까 읽는 것이다. '읽다'라는 동사에는 명령법이 먹혀들지 않는다. '읽어라'가 아니라 '읽는다'다. 그 자체 행위로 존중돼야 한다.

그런 의미에서 즐거운 책 읽기에 대해 누구나 한 번쯤 고민해 보아야 할 시점이다.

아침 독서가 우리에게 주는 것들

4월 23일은 유네스코가 정한 '세계 책과 저작권의 날(세계 책의 날)'이다. 책의 날의 기원인 에스파냐를 비롯해 프랑스·노르웨이·영국·일본·한국 등 전 세계 80여 개 국가에서 이날을 기념하고 있다. 에스파냐에서는 책과 장미의 축제가 동시에 펼쳐지고, 영국에서는 이날을 전후해 한 달간 부모들이 취침 전 자녀들에게 20분씩 책을 읽어주는 '잠자리 독서 캠페인'을 벌인다. 부러움의 대상이다.

함께 책 읽어주기 운동은 좋은 독서문화를 퍼트린다.

우리 학교는 아침마다 어머니가 교실로 찾아가서 그림책 읽어주는 것을 해마다 해오고 있다. 아침 시간에 읽어주는 그림

책과 사람,
삶이 머문 공간

책 이야기는 언제나 아이들에게 기다려지는 시간이다.

한 어머니가 사정이 있어 불참하게 되어서 내가 대신 1학년 교실에 들어간 적이 있었다. 교실로 들어가는 순간 아이들의 반응들이 여기저기 함성이 터져 나왔다.

"아빠다."

"사서 선생님께서 책 읽어주러 오셨다."

호기심 어린 눈으로 모두 나에게 집중하며 끝날 때까지 초롱초롱한 눈빛으로 책 이야기에 빠져드는 아이들의 모습이 참 보기 좋았다. 성공적이었다.

한 아이의 아빠로 그림책을 읽어준 지 꽤 되었다. 아빠가 읽어주는 그림책이 정서발달에 좋다는 이야기를 들은 적도 있다. 그럼에도 여전히 대한민국 아빠는 그림책 읽어주는 것을 꺼리고 있다. 나도 그랬다.

그러나 점차 1학년 교실에 들어가는 것이 설레게 되었다. 아이들의 초롱초롱한 눈빛을 생각하면 20분의 시간을 허비하지 않기 위해 읽어주는 전날 연습을 하고 갔다. 그런 것들이 익숙해지면서 언제부터인가 아이들이 나를 잘 따라준다. 그만큼 읽어주는 시간이 길어지고 도서관에 가는 발걸음도 가볍게 보인다.

아침에 들려주는 책 읽기는 아이들에게 독서를 몸에 밸 수 있는 환경을 만들어주는 데 큰 도움을 준다.

국민독서실태조사 결과 '아침 독서가 독서습관 형성에 도움이 된다'는 항목에 대한 응답은 2010년 45.3%에서 2011년 49.5%, 2013년 51.0%, 2015년 57.6% 순으로 꾸준한 증가세를 보였다.

학교에서 아침 독서는 학생들이나 교사들의 양질의 하루를 결정짓는 데 큰 역할을 한다. 20분이라는 시간, 짧지만 하루를 담을 수 있는 그릇에 차곡차곡 낱알을 채워나가는 중요한 시간임에는 틀림없다.

아침 독서는 특히 4원칙만 잘 지켜도 책 읽는 재미를 쏠쏠하게 맛볼 수 있다.

○ 모두 읽어요
○ 날마다 읽어요
○ 좋아하는 책을 읽어요
○ 그냥 읽기만 해요

그림책 읽어주기는 아이들의 입장에서 사물을 바라볼 수 있게 한다.

아침 독서는 우리에게 마시멜로가 달콤하게 첫 입술에 닿는 것처럼 뇌를 깨우는 신선한 자극제가 된다.

아침 시간은 짧다.

모두 함께 같은 공간에서 책을 읽는다면 하루가 행복해질 것이다.

가치 있는 한 책 읽기의 의미에 대한 생각

얼마 전 마산 창동예술촌에 문을 연 독립서점 〈산·책〉에 간 적이 있었다. 지역의 독립 사진작가 협동조합에서 만든 문화가 있는 따뜻한 공간이었다. 독립서점이 추구하고자 하는 공동체적 삶의 공간이 가진 의미에 대하여 되새겨 보게 됐다.

힘든 현실 속에서 함께 공감하고 삶의 이야기를 나누며 '우리'라는 공동체를 만들어간다는 것에 참으로 느낀 바가 컸다. 함께 공감할 수 있는 가치 있는 것이 이 시대에 과연 무엇이 있을까? 그런 생각이 잠시 머릿속에 스쳐 지나갔다.

함께 공감하는 책 읽기는 나를 성장시키고 소소한 삶을 감동으로 이끈다.

경남학교도서관사서회는 2017년 '한 책 읽기'에 강수돌 교수의 『행복한 삶을 위한 인문학』을 선정했다. 제목만 보아도 행복해지는 것 같았다. 인문학을 세상살이 공부란 의미로 접근했다. '도대체 행복으로 향하는 길은 어디에 있을까?'라는 궁금증에 의미 있게 사는 과정이야말로 현재를 살아가는 우리에게 필요한 나침반 같은 것임을 보듬으며 말해줬다. 또한, 연대와 소통, 협력의 길이 지금 이 시대에 꼭 필요함을 강조했다.

경학사에서는 학교 도서관 사서가 중심이 되어 선정도서를 읽고 함께 행복한 삶에 대해 토론하고 고민하는 시간을 가지며 12월에 지역의 작은 책방에서 작가와의 북 콘서트도 할 예정에 있다.

가치 있는 한 책 읽기란 무엇일까?

한 권의 책 속에 지닌 다양한 생각과 의미를 함께 짚어보고 의문되는 것들은 서로 합의점을 찾아내어 소통하고 공감하는 데 큰 의미를 두는 것이다.

여기에는 또 한 가지 중요한 의미가 내포되어 있다.

바로 타인과의 감정적 이해관계가 만들어진다는 사실이다. 예를 들면 책 속의 이야기를 하던 중에 주인공과 나를 비교해서 여러 감정을 드러내는 것을 통하여 저마다 타인의 삶과 동화되어 이해하는 마음이 생긴다. 그것들이 모여 더 깊은 책 읽기로 성장하게 된다.

지금 우리 사회는 아직도 대통령 탄핵, 세월호, 촛불집회, 사드 문제 등 국민적 아픔의 가시가 가슴에 엉켜 응어리로 남아있는 상태다. 이 또한 공감의 부재에서 왔다. 여러 사회적 문제를 해결하는 데 한 책 읽기는 상당한 가치를 지니고 있다.

2001년, 미국 시카고에서 당시 그 지역의 큰 문제였던 흑인 차별 문제를 해소하고 시민들의 독서를 장려하기 위해 펼친 '한 책 읽기 운동'의 첫 번째 도서로 하퍼 리가 지은 『앵무새 죽이기』가 선정됐다. 이 책은 시카고의 큰 문제로 자리했던 흑인 차별 문제에 대한 시민들의 의식에 변화를 이끌어냈다.

우리나라도 여러 지방에 한 책 읽기가 뿌리내리고 있다. 김해만 해도 10년째 '김해의 책'을 시민들과 함께 만들며 울고 웃는 책의 세상을 채색하고 있다. 멋진 일이다.

차별 없이 한 책을 읽고 서로 이해를 위한 소통의 시간, 가치 있는 한 책 읽기가 더욱 의미 있는 것들로 채워지지 않을까 하는 생각이 든다.

'2017년 김해의 어린이 책'을 기다리며

어릴 적 기억을 더듬어보면 가난한 시골 마을에 책이 있는 집들은 거의 없었다. 유일하게 동네 회관에 책이 몇 권 있었는데 우연히 그곳에 들른 것이 지금의 책 읽기의 원동력이 됐는지도 모르겠다. 어느 누군가 기증한 책들이 회관 창고 한구석에 진열돼 있었는데 호기심에 한 권 두 권 읽어본 것들이 지금의 독서에 플러스가 됐다.

그 시절을 지나 대학교 때 처음 가본 도서관은 환상의 장소였다. 오래된 고서에서 나는 냄새는 묵직한 향기가 온몸에 밴 것처럼 무척 좋았다. 이런 곳이 있었다니? 루이 보르헤스의 말을 빌리자면 "천국은 필시 도서관처럼 생겼을 것"이라는 말이 실감 나게 다가왔다.

지금이야 도서관에서 일한 대가로 책을 소홀히 할 수 없어 늘 가까이하곤 있지만 홀로 읽다 보니 깊이 있는 독서는 되지 못했다. 그러다 아이들과 함께 책을 읽고 토론 시간을 가졌는데 책이 삶을 이야기하는 그 순간이 얼마나 귀한지 나도 아이들도 그 순간만큼은 책과 동화됐던 것 같다. 또 2017년 김해의 책 어린이 도서 선정팀으로 활동하면서 책이 얼마나 독서 공동체 문화 융성에 기여하는지에 대해서도 고민하게 됐다. 어린이 책을 선정하는 과정에서 많은 고민을 거친다는 것도 새삼 알게 됐다.

김해시는 지난 2007년부터 한 도시 한 책 읽기 '김해의 책' 운동을 시작해 이를 2008년부터 공공 도서관과 학교를 중심으로 전 시민이 참여하는 사업으로 확대했다.

지난 2007년 최인호 작가의 『제4의 제국』을 필두로 2016년 『카메라, 편견을 부탁해』까지, 다양한 주제로 김해시민들에게 다가가 삶의 이야기를 고민하고 더불어 살기를 꿈꾸는 과정을 통해 공감대를 만들어가는 좋은 독서문화행사가 되었다.

'김해의 어린이 책'은 꾸준히 성장해 왔다. 지난 2008년 강풀 작가의 『그대를 사랑합니다』에서 2016년 김수빈 작가의 『여름이 반짝』까지 총 9권의 어린이 책을 가정에서부터 학교까지 함께 읽고 토론하는 등 도서관에서 여럿이 모여 책 이야기꽃을 피우는 모습들이 자연스럽다.

지금은 오롯이 아이들의 입장에서 느껴보고 온전히 들여다봐야 할 때이다.

어린이 도서 선정팀에는 교사와 독서지도사, 사서, 그림책 읽어주는 자원봉사자 그리고 책을 좋아하는 학부모 등 다양한 부류의 시민들이 참여하고 있다. 위원들은 각자 도서를 추천해 매월 4~5권 추천도서를 읽어보고 아이들의 반응을 살펴본 후 모임에서 토론을 거쳐 최종 1권을 후보 도서로 선정한다.

어린이 책은 특히 모든 아이들이 읽기 쉽고 소재가 흥미롭거나 부담이 없으며 어디에 편중되지 않아야 하는 책이라 신중에 신중을 기하는 토론 활동이 이루어진다. 그 어느 때보다 위원들의 고민과 책임감이 높아 보였다.

후보 도서는 우리의 일상생활과 연결돼 공감할 수 있는 내용으로 이루어져 있다. 예를 들면 가정에서 아이와의 갈등, 아픈 역사의 기억들, 교실에서 일어난 이야기, 사회적 이슈 등은 책을 선택하는 데 중요한 소재로 고려된다.

내년 2월까지 검토 과정을 거쳐 최종 후보 도서 4권을 추려 시민의 의견을 수렴한 후 최종적으로 3월에 선정 발표회를 가질 예정이다.

어린이 책은 학교, 가정, 도서관 어디에서나 비치해 이용이 가능하며, 독서 릴레이 시작으로 작가와의 만남, 가족극 공연, 독후감 쓰기 및 독후 활동 사례 공모 등 다양한 독서 행사를 실시해 행복한 독서 바이러스가 아이들의 책 읽는 마음으로 퍼져갈 것이다.

당신의 지친 마음, 책 읽기로 치유해 보자

국민건강보험공단의 2007~2011년 우울증 진료 통계를 보면 4년 새 우울증 환자가 476,000명에서 535,000명으로 12.4% 증가했다고 한다. 이처럼 현대인들은 대부분 마음의 상처인 우울증을 안고 있다. 때때로 마음에 상처가 나면 몸의 상처도 남아 오래간다고 한다. '마음 아픔', '몸 아픔'을 제대로 돌보지 않고 무시하며 살아간다면 갑자기 몸과 마음의 불편함으로 신호가 온다. 또한 마음을 다치면 마음에 따귀를 맞는 것과 같이 그 상처가 오래간다. 현대인들은 마음의 상처를 정신과 약으로 해결하려 하지만 일시적으로 좋아질 뿐 지속적으로는 오래 남아 나쁜 병으로 이어질 수 있다.

이런 마음의 상처를 치료하는 데 도움이 되는 생활습관을 살펴보면 운동, 적절한 수면, 균형 잡힌 식습관, 명상, 요가, 책 읽기 등 여러 가지 방법이 있다. 그중에서 책 읽기는 자신의 상황에 맞는 책을 읽고 마음 어딘가에 잠복해 있는 상처의 근원을 인식하여 그 상처가 완화되거나 치유되는 경험을 하는 것이 요지이다. 실제로 마음의 상처와 이해를 위한 책을 읽다 보면 어느새 가벼워진 자신의 마음을 느낄 수 있다.

실제 영국 서식스 대학교 인지신경심리학 전공 데이비드 루이스 박사팀은 6분 정도 책을 읽으니 스트레스가 68% 감소했고 심장 박동 수가 낮아지며 근육 긴장도 역시 낮아졌다는 연구결과를 내놨다. 이처럼 책 읽기는 상한 감정과 아픈 마음의 불안을 보이는 현대인들에게 심적 안정제와 같은 역할을 할 수 있다.

그렇다면 어떻게 하면 책 읽기로 마음의 상처를 줄일 수 있을까? 예를 들면 다음과 같다. 『따귀 맞은 영혼』을 읽으면 나의 상처를 진정으로 들여다보는 시간을 가져 그 상처를 어떻게 극복해 나아가야 하는지 배울 수 있다. 이처럼 책 읽기는 우리에게 마음을 가라앉게 하고 행복한 마음을 나누어줄 수 있는 깨달음을 얻게 하며 상처를 치유하는 데 적절한 도구가 된다.

TV 프로그램 중에 힐링캠프(Healing Camp)가 있었다. 한 사람의 인생 속에 묻어있는 이야기를 하며 무거웠던 경험과 풀지 못했던 감정들을 풀어나가며 참가자들과 소통하고, 그 과정에서 카타르시스와 통찰을 통해 치유를 맛보는 시간을 가지는 프로그램이다. 이러한 힐링은 책 읽기를 통해서도 가능할 것이다. 자신의 상황에 맞는 독서를 선택해 자신의 마음에 스스로 질문하고 풀어가는 과정에서 치유가 되고 통찰이 되며 서서히 내면의 감정들을 삭인다.

우울증, 스트레스, 공황장애들을 잘 극복하기 위해서는 자기 자신의 상황에 맞는 책 읽기로 나의 정체성 확립과 자존감을 얻어내어 자기 정화의 시간을 가져야 한다. 책 읽기는 예방접종과 같은 것이다. 더 큰 바이러스에 맞서 내 몸을 지키기 위해서 미리 맞는 예방접종처럼, 책 읽기는 앞으로 다가올지 모를 더 큰 아픔에 맞서는 좋은 처방전이 될 것이다.

'함께 읽기'가 독서문화를 꽃피운다

2014년 통계청의 가계동향 조사 결과를 보면, 지난해 전국 2인 이상 가계가 책을 사는 데 지출한 비용은 월평균 18,690원으로 전년(19,026원)보다 1.8% 줄었다.

이는 조사 대상이 2003년 전국 가구로 확대되고서 최저 수준이다. 가계가 한 달에 구입한 책은 2권이 채 안 되는 것으로 나타났다.

책 구입과 책 읽기는 개인적 자유다. 개인이 자신의 필요에 의해 투자하는 것이다. 정보나 지식을 얻기 위해, 때로는 지식과 교양을 위해 책을 읽는다.

사람들은 대부분 책을 혼자 읽으려고 구입하는 경향이 있다. 하지만 그것은 소통 없이 자신만의 만족으로 끝나는 경우가 많다. 우리는 책이라는 공통의 단어 속에서 함께 고민하고 대화하여 사람 사이의 소통을 활성화시키고 함께 책을 읽는 건강한 독서문화를 성장시켜야 한다.

이덕무의 『사소절』 중 〈교습〉에서 "책을 읽다가 훌륭한 대

책과 사람,
삶이 머문 공간

목을 만나면 혼자만 알지 말고 함께 나누려는 자세가 필요하다. 남에게 알려줄 때마다 나는 그 내용을 한 번 더 곱씹어 좋고, 상대도 그 뜻을 함께 새기게 되어 더 좋다."라는 구절이 있다.

나누어주는 독서는 함께 읽고 나누면서 깊이가 더해진다. 혼자만의 느낌으로 책을 읽지 않고 함께 나누려는 자세는 남과 깊은 교감을 이루게 해준다.

이런 건강한 독서문화로 함께 읽고 작은 공동체가 이루어지는 곳이 책 모임의 형태이다.

우리는 모두 '책'이라는 매체 앞에서 평등한 독자이다. 평등한 독자로서 서로 다른 부분들을 논쟁하고 때론 공감하며 변화의 장을 이끌어내기도 한다.

우리 주변에서 여러 독서 모임이 사연과 만남을 통해서 만들어지고 있다. 아이들을 키우면서 그림책에 대해 서로 이야기하다 보니 자연스럽게 그림책 공부 모임이 시작되는가 하면, 직장에서 서로 같은 취향으로 만나 책 모임을 만들어 공동체적 삶을 사는 분들, 귀농인·장애인·공무원·경찰·학생·학부

모 등 아주 다양한 부류의 사람들이 함께 읽고 부딪어 살아가며 에너지를 얻고 책 읽는 즐거움을 찾아간다.

서로 성향과 취미가 다른 책 모임에서 우리는 하나의 공동체를 발견하고 문화를 아우른다. 이런 건강한 독서문화를 살찌워 나가야 한다.

함께 책을 읽고 다양한 책 이야기 속에서 사회적 공론의 장이 마련되고 독서 모임 활동이 하나의 사회문화운동으로 전파되기를 희망한다.

그런 의미에서 국가와 공공단체, 도서관에서는 일회성으로 독서 모임이 끝나지 않도록 여러 지원과 인프라를 구축하여 다양한 책 모임의 서포터스 역할을 해주어야 한다.

'퇴근 후, 책 한 장' 시간을 가져보자

책 읽기에 좋은 계절은 없다.

그저 '여유'가 수반하고 '느긋한 시간'일 때만이 책 읽기에 편안하다. 우리는 지금 급속한 속도전의 세상에 살고 있다. 빠르고 편리하고 정리가 잘 된 것들의 자료를 원한다. 책도 마찬가지다. 요즘, 온라인 서점에도 맞춤 요약 서비스로 책의 요점만 정리하여 내용을 전달하는 것들이 많아지고 있다. 그렇다면 책을 왜 읽지 않을까? 대부분 일이 바빠서 그리고 책 읽는 것이 싫고 습관이 몸에 배지 않아, 다른 여가생활을 즐기기에 바빠서라는 대답이 많다.

가천대 뇌과학연구소 김영보 교수는 우리의 머릿속에 수많은 기억들이 떠다니는 것이 많을수록 세상을 쉽게 배우고 이해하는 데 도움을 주므로, 책 읽기는 현대 뇌 과학적으로도 의의가 깊고 또 새로운 학습에 가장 기본이 되는 것이 된다고 하였다. 그만큼 살아가는 데 중요하다는 의미다.

필자도 마찬가지다. 직장생활을 하면서 책 읽는 시간이 그리 녹록지 못했다. 주말에도 가족과 함께 보내는 시간이 많다. 독서할 짬을 내면 한 장 한 장 책 읽는 것이 집중이 잘 안된다. 스마트폰도 문제다. 수시로 단체 밴드, 카톡, 페이스북을 확인하는 것은 쉽게 손이 가고 눈이 가는네, 책 읽기는 그렇지가 못하니 참 어렵다.

필자는 이 무력함에 변화를 주고 싶어 화정글샘도서관에서 때마침 직장인을 위한 책 읽기 프로그램을 운영한다고 하여 김해시 공공시설 예약 서비스를 통해 접수하였다. 선정된 책도 읽어보았다.

첫 회의 책인 히가시노 게이고의 『나미야 잡화점의 기적』을 읽고 참여자들과 책의 맥락이나 책을 읽고 난 후의 소감, 책 내용과 비슷한 경험담 등을 나누니 점점 함께하는 사람들과 동화된다. '고민을 들어줍니다' 코너에서는 자신의 고민에 대해 엽서에 써보고 다른 사람의 고민을 상담해 주는 시간을 통해 이 책에 나오는 주인공들을 이해할 수 있었다. 이야기가 생생히 살아있는 듯 느낌이 좋았다.

남의 시선으로 바라보았던 것들이 마음속에 일어나고 있다. 독서 습관은 하루아침에 일어나지 않는다. 짬을 내서 독서를 하도록 나만의 의식적 사고가 필요하다. 그리 큰 기술이 필요하지는 않다. 책 읽기도 오랜 습관처럼 몸에 배면 단단한 독서가 되지 않을까?

<책이 미래다 행복한 책 읽기>에 대한 나의 단상

<책이 미래다 행복한 책 읽기>(2018. 2. 1. KBS1 밤 11시 5분) 프로그램은 관심 분야라 꼼꼼히 살펴봤다.

2017년 사회조사 결과, 도서관 수는 늘어나도 한 해 동안 두 명 중 한 명은 책 한 권도 읽지 않는 우리나라, 독서 왕국이라고 하는 일본도 책 읽는 인구가 줄어들기는 마찬가지다.

과연, 책을 읽게 할 방법은 없는 걸까?

색다른 책과의 만남을 이끌며 자연스럽게 책 읽기를 독려하는 이색적인 곳이 인기를 끌고 있다. 지금의 독서 방향을 잡아볼 수 있는 사례들이다.

일본의 경우, 쇼핑몰 한가운데 온갖 물건들의 곁에 물건의 역사나 문화 등을 소개하는 책을 진열해 고객의 관심을 끄는 <무인양품>이나, 책을 읽으며 잠드는 행복함을 그대로 옮겨온 숙박업소 <북앤베드>가 있다.

우리의 경우, 사적인 서점 정지혜 책방지기는 오직 한 사람을 위해 책방을 열어 일주일간 책을 읽고 처방하여 상담자의 집으로 배달하는 감동 서비스를 제공한다.

서울 마포구의 <책바>는 술과 책이 어울려 하루의 휴식 같은 공간을 만들어 준다. 요즘 트렌드다. 경주시 S 그림 책방은 가족이 운영한다. 책방지기는 책 표지 곳곳에 띠지를 붙여 책에서 느낀 것들을 서평으로 적어 손님에게 좀 더 책의 정보를 가깝게 전달하고자 노력한다.

여럿이 모여 서로의 생각들을 이루는 데 책이 소통의 도구로 이용됨은 4차 산업혁명 시대에 중요한 의미로 다가온다. 책이 소통의 도구로 필요함은 현재도, 미래에도 중요하다.

동네 서점의 선구자 〈북바이북〉은 책 꼬리 쓰기, 작가와 대화 시간을 가져 소통의 의미를 더하며, 어르신들에게 그림책 읽어주는 봉사를 하고 있는 경기도 여주시 보건소에 근무하는 직원들이 만든 〈책나루터〉에서는 그림책과 함께 마음 약을 처방해 선물 꾸러미를 선사한다. 인상적이었다.

과거와 현재가 공존하는 도미니크 성당 내 서점과 일본의 진보초 북 페스티벌 축제는 전통적인 독서문화가 만들어낸 그 나라만의 자존심이 깃들어 있다.

책은 이제 서점과 도서관을 뛰쳐나와 다른 방법으로 독자를 만나며 즐거움을 두 배로 만들어준다. 시선을 조금만 바꾸면 행복한 책 읽기가 가능하다. 이제 행동으로 옮겨볼 때가 됐다.

책 읽기가 일상 속에 곁들어 자연스럽게 지속되면 좋겠다는 나의 소견이다.

PART 2

경남의
책방

1. 독립서점
탐방기

지내동에 문을 연 독립출판서점 <페브레로>

  최근 출판 업계에 불어닥친 불황은 지역 서점에도 큰 타격을 줬다. 하나둘 문을 닫는 서점들의 빈자리에 독립출판물을 유통하는 독립서점이 들어가고 있다.

  독립서점은 출판사를 통하지 않고 작가들이 자체적으로 출판한 독립출판물을 주로 다루어 서점 주인의 취향대로 도서들이 진열되기 때문에 서점마다 특유의 개성을 가진다.

  김해에도 최초로 김해시 지내동 327-10번지(김해대로 2715번길 17-1)에 젊은 부부가 운영하는 독립출판서점 겸 카페 〈페

페브레로 - 책방지기는 꼼꼼하게 책 속의 느낌을 손글씨로 리뷰를 써놓아 책방을 찾는
손님에게 책을 선택하는 데 도움을 준다.

브레로〉가 문을 열었다. 책방 이름의 뜻은 스페인어로 '2월'
이다.

조그마한 공간이 독립출판물과 카페 같은 분위기로 아기자
기하게 꾸며졌다. 젊은 부부의 스토리가 궁금해진다.

김일중(33) 씨는 지내동에서 줄곧 태어나 살아온 토박이다.
구매 영업직 회사에 다니다가 언젠가는 이직을 하고 싶었다고
한다. 그때부터 책을 좋아하는 아내와 함께 자신들을 위한 '공
간'에 대해 고민해 오다 실천에 옮기게 됐다. 김 씨는 카페 운

영을, 아내 정유진(29) 씨는 책방지기로서 서점을 관리하는 역할을 맡았다. 독립서점은 처음이라 일일이 독립출판물에 연락하고 새로운 읽을거리를 찾아 나섰다. 동네 사람들은 처음에는 이곳이 뭘 하는지 몰라 책방을 기웃거릴 뿐 낯선 공간에 선뜻 발을 들이지 않았다. 그러나 어렵지만 끊임없이 시도하고 신뢰하고 다가가고자 노력했다.

카페 내 전시된 독립출판물은 다양한 분야를 아우를 뿐만 아니라 창작자의 개성이 드러난다. 전시된 책 표지에 아내 정씨가 손글씨로 쓴 리뷰가 인상적이다. 입고 전 책을 읽어보고 좋았던 생각들을 포스트잇에 써놓아 책을 선택하는 데 도움을 줬다. 대형서점과의 차별성이다.

2주에 한 번 20~40대의 다양한 연령층 7명이 모여 같은 책을 읽고 여러 주제를 다루어보는 독서 모임은 정해진 회원이 참여하는 것이 아니라 매번 온라인 소셜 네트워크인 인스타그램으로 새로운 회원을 모집한다. 많은 사람들에게 독립출판물을 알리기 위해서다.

특히, 독서 모임과 북토크, 마켓, 음악공연을 열어 문화적 장소로서 끊임없이 신뢰받고 동네 사랑방처럼 자연스럽게 들어와 편안하게 책과 이야기를 나누는 곳이 되도록 노력하고 싶다고 했다. 마지막으로 부부는 독립출판물 『초보의 순간들』

책과 사람,
삶이 머문 공간

이라는 책을 소개하면서 처음 시작했던 마음들을 되돌아보게 한다며 참으로 든든하고 힘이 난다고 한다.

작가와 함께하는 북토크, 음악공연, 전시와 마켓 등 문화공연은 계속 진행할 계획에 있으며 모임 장소도 대여하고 있다.

한마디로 '독립출판물'을 하는 창작자와 함께 읽는 사람들의 공간이다.

> **페브레로**
> 김해시 김해대로 2715번길 17-1 1층

낯설지 않은 책방으로의 초대 〈낯선책방〉

진주의 한적한 상봉동 골목길에서 우연히 들린 〈낯선책방〉 낙엽이 지는 것이 아쉬운 초겨울에서 만난 그녀의 인생 책방 이야기를 들여다본다.

아담한 공간에 아주 적은 수량의 독립출판물이 한 벽면에 꽂혀있다. 손에 잡히는 책과 함께 커피 마실 공간도 마련돼 있다.

약간 푹신한 소파 자리가 넓어 보였다. 은은하게 비친 불빛

낯선책방 - 타인이 공감할 수 있는 주제의 독립출판물들로 진열해 놓았다.

아래 책 한 권의 여유로움을 소담하게 담았다.

임아롱 책방지기의 인생스토리를 듣고 싶은 끌림이 강력하게 밀려왔다.

2018년 1월에 오픈한 〈茶정하게〉 카페를 먼저 시작했다. 책방은 6월에 열었다. 커피 트렌드를 알기 위해 제주도에 여행을 갔었는데 책과 서점이 좋아서 여러 곳의 책방을 들렀다. 그때 독립출판물을 알게 되었다.

정식으로 등단한 작가가 아닌 '인디' 세대처럼 자기만의 개성적이고 독립된 이야기책을 만들어가는 것에 매료됐다.

퇴직하고 카페에서 글을 쓰고 책을 내며 살자던 희망이 맞아떨어졌기에 독립출판물은 우연이 아닌 필연이라 생각됐다.

책방에 찾아온 손님들은 책을 인테리어로 착각한 분들이 많았다. 그래서 책방의 이름도 낯설어도 낯설지 않은 책방으로 다가가고자 하는 의미를 담아지었다.

책은 책방지기가 원하는 스타일로 큐레이션하였다. 타인이 공감할 수 있는 책들을 진열하였다.

독립출판물은 오직 혼자만의 힘으로 모든 과정들을 담아 손때 묻은 것들을 내어놓았다. 애착이 가지 않을 수 없다.

임 책방지기는 젊은 세대에게 『청춘기록』, 『당신이 잘 계신다면, 잘 되었네요. 저도 잘 지내고 있습니다』, 『하루가 미안해서』 3권의 책을 소개했다.

『청춘기록』은 작가로서 당당히 소신 있게 살아가며 겪어내는 여행 에세이 집이다. 나에게 있어서도 내 속마음을 헤아려준 내용으로 기억되고 있다.

『당신이 잘 계신다면, 잘 되었네요. 저도 잘 지내고 있습니다』 필체나 어투가 마음에 들었고 그저 좋았던 책이다.

손님 중에 젊은 분들과 몇몇이 멀리 있는 지역에서 온 분들이 있었다.

『하루가 미안해서』라는 책을 텀블벅 크라우드 펀딩으로 참여했었는데 이곳에 있으니 놀라웠다고 한다. 그런 분이 있기에 더욱 다양한 책을 선정하고자 노력하겠다고 한다.

앞으로도 감성을 자극하고 마음을 움직이는 책들을 큐레이션 할 것이며 책방 이름처럼 낯설지만 낯설지 않은 책방으로 누군가가 쉽게 마음을 틀어놓을 수 있는 필요한 책방으로 만들고 싶단다.

2~3년 후에는 공간을 넓혀 책만을 위한 공간을 꾸미며 독서 모임과 동네 사랑방처럼 소담하고 소박한 공간으로 열어가겠다고 다짐했다.

커피 한 잔과 그녀의 책방 이야기는 가을만큼 끌어당기는 발길의 낭만이었다.

책과 사람,
삶이 머문 공간

오누이처럼 다정한 독립서점 <오누이 북앤샵>

창원의 사림동에서 봉곡동으로 이어지는 곳에 경남관광고
와 봉림고가 있다. 이 골목에 <오누이 북앤샵>이 2018년 2월

오누이북앤샵 - 자신만의 색깔로 재밌고 즐겁게 책방을 삶과 연결한다.

초에 문을 열었다.

골목과 골목 사잇길이 아담하다. 추운 날씨에 따뜻한 차 한 잔이 생각나는 오후 시간 때다.

전래동화 '해와 달이 된 오누이'가 생각나는 독립서점 〈오누이 북앤샵〉에 들렀다. 봉곡동 골목길 사이에 추운 겨울보다 따뜻한 온기가 느껴지는 책방에 들어가고 싶은 유혹이 간절했다. 창가에 비친 책들 사이로 오누이처럼 달콤함이 밀려왔다.

10평 남짓 공간에 독립출판물과 화집, 필름 카메라, 헌책, 미니북시리즈 등 아기자기한 소품 이 카페처럼 꾸며져 있는데 장찬미(누이)와 장건율(오라비) 남매가 운영한다.

작은 개인 서재 공간처럼 부드러운 음악이 흘러나오고 사람들의 대화가 귓가에 버젓이 속내를 벗어던진다. 주방 쪽에 걸린 미술적 표현이 인상적이다. 미술을 전공한 동생 장건율의 작품이다. 공간마다 그의 소품이 곳곳에 묻어났다.

동생은 미술을, 누이는 국문학을 전공했다. 책방을 열기 전에는 독립출판사를 함께 했었다. 남매의 장점을 살리고자 더 나은 남매의 공간이 필요했기에, 책방 관련 책을 읽고 전국의 책방을 돌아보며 실행에 옮길 수 있었단다. 책방은 서로를 배려하는 시간으로 정해 교대로 운영한다.

책과 사람,
삶이 머문 공간

오누이는 자신들의 색깔로 재밌고 즐겁게 운영하는 것을 책방의 모토로 삼았다.

동생과 유기적으로 독립출판물을 다양한 주제별로 도와가며 입고하고 있으며 인스타그램으로 책을 소개하거나 상담하여 알리고 있다.

오누이 책방만의 색깔에 맞게 열어갈 것이며 온라인 독립출판물도 열어 폭넓게 독자층을 만들어가는 것이 앞으로 하고 싶은 일이라고 했다.

작은 책방만이 누릴 수 있는 창밖의 공간이 주는 여유로움에 매료된다.

책방은 삶의 일상을 연결하는 선이다.

가끔 심심할 때 차 한 잔이 필요하거나 책 읽기가 궁핍할 때 누구나 그 순간만을 기대고 싶을 때 책방은 늘 그 자리에서 삶을 그린다.

오누이 북앤샵
창원시 봉곡동 165-1

창동예술촌에 문을 연 <산·책>

요즘 서점이나 책방의 시장이 많이 어렵다. 책 구입은 온라인 서점이 장악하다 보니 오프라인 서점들이 설 자리가 없다.

하지만 독립출판물을 유통하는 독립서점이 전국 곳곳에 하나둘씩 문을 열어 나름의 경쟁적 콘텐츠로 운영하고 있음에 다행스럽다.

경남 창원 지역에서 독립서점이 문을 열어 찾아가 보았다. 창동예술촌의 거리는 마산의 옛 정취가 깊게 묻어있다. 예술적 이야기들의 향기가 퍼진다.

마산 창동예술촌 가배소극장이 있는 건물 3층에 독립서점 <산·책>이 있다. <산·책>은 '살아있는 책'이라는 의미다.

MBC 경남 시청자 미디어 센터 활동가 5명이 함께 뜻을 모아 만든 사랑방 같은 문화공간이다.

책방 입구에는 현재 계획 중인 사진 스터디(7월), 다큐멘터리 방송 뉴스제작 교육(7월), 독서 모임이 적혀있다. 책방 안 차별화된 공간이 눈에 띄었다.

카페와 사진 스튜디오, 책방은 독립출판물과 개성 있는 책들로 가득 차있다. 책 보며 맥주도 마실 수 있는 곳이라 느낌이 사뭇 달라 보인다. 특색 있는 곳은 독립영화 관련 코너다. 독립영화를 볼 수 있는 기회도 제공되어 색다른 느낌을 주었다.

책방에서 단연 돋보이는 것은 위안부 소녀상이다. 작고 소박하지만 주인장의 마음을 읽어볼 수 있다.

만화부터 에세이, 사진집, 일기, 시집 등 독립출판사에서 만든 책은 개성이 드러난 다양한 종류의 책들로 비치돼 있다.

독립출판물은 개인이 직접 만든 창작물로, 작가가 글을 쓰고 편집하고 인쇄하며 책 판매 부수, 가격까지 정하고 원하는 디자인이나 책의 형태 등 모든 과정을 스스로 만든다.

최근에는 자기의 인생 스토리를 글로 쓰고자 하는 사람들이 늘어나 독립출판물도 자연히 늘어났다.

한쪽 벽면에는 독립서점에서 작가들의 책을 입고하면서 남긴 손 편지들이 눈에 띈다.

책을 구매해 고마운 마음을 전하는 작가와 독립출판사 직원들의 마음이 편지 속 속살에 묻었다. 오래 기억되는 공간으로 남겨지는 마음들이 고스란히 진해졌다.

산책을 이용하는 한 고객은 "서로서로 마음과 마음이 전해져 오는 손 편지를 보니 따뜻한 온정이 느껴졌어요"라고 말했다.

특히 독립영화 출판물과 독립영화 DVD 공간에 매료됐다.

2007년 베를린 국제영화제 초청작 〈할매꽃〉, 2011년 현직 의사가 의료시스템을 실체를 밝힌 〈하얀정글〉, 광주 민주 항쟁의 의미를 다룬 영화 〈오월애〉, 송새벽 첫 독립영화 주연작 〈평범한 날들〉 등 우수한 작품의 감상이 가능하다.

이런 공간에서 독립영화 감독과 배우들의 북 콘서트장을 열어가는 것도 좋을 것 같았다.

시대별로 연극 관련 자료와 영화, 미디어, 사진집도 있어 관심 있는 분에게 선물해도 좋을 듯하다.

사진과 영상 관련 자료도 많았고 경남지역의 이야기를 소재로 한 책들도 한 곳에 마련됐다.

옛날에 한 번 읽어보았을 책들이 제목만 보아도 익숙하여 추억을 되살린다. 중고서적들은 서점 주인이 소장한 책이라 가격도 정가의 30%나 싸게 구입이 가능하다.

책방을 운영하는 박승우 씨는 "마을공동체처럼 다양한 삶의 소소한 이야기가 담긴 운영을 통해 상업적인 가치보다 공동체적 삶으로 스며드는 것을 우선시하는 공간이자 독서토론, 영화동아리, 사회적 이슈 등을 함께 나눌 수 있는 사랑방처럼 다양한 공간을 내어주는 곳"이라고 자신의 책방을 소개했다.

또 박 씨는 "책을 내고자 한다면 출판에 관한 조언부터 작가 소개, 디자인 등 책을 출판하기까지 격려와 응원을 아끼지 않겠다."라고 한다.

작가가 꿈인 초보자에게 희망을 선사하고 모든 사람이 편안하게 쉴 수 있는 사랑방 같은 책방이 많아졌으면 좋겠다.

산·책
12:00~22:00
창원시 마산합포구 창동거리길 41 가배소극장 3층

내 인생의 한 페이지를 엮어가는 <페이지 31>

개인적이면서도 독립적인 출판물은 각자의 개성이 깊게 배어있는 것이 큰 장점이다.

페이지 31 - 인생 한 페이지가 고스란히 담겨있는
공간이다.

요즘 베스트셀러로 뜨고 있는 독립출판물이 있다.

백세희의 『죽고 싶지만 떡볶이는 먹고 싶어』는 크라우드 펀딩으로 지원금을 모아 제작한 독립출판물이다. 기존의 출판사가 출간한 책도 살아남기 어려운 요즘, 흔한 것들이 때론 큰 위력을 발휘하기도 한다.

독자들에게 와닿는 생활의 접근점이나 처지가 비슷한 면들이 감동을 주거나 위로를 건네는 경우가 많기 때문에 독립출판물은 점점 더 읽히고 찾아질 것으로 예상된다.

독립서점에서는 독립출판물을 다루고 책과 작가의 이야기를 풀어가고 있다. 창원의 한 서점도 그런 의미에서 공간을 내어 손님과 긴 호흡을 이어가고 있었다.

창원 상남동 49-11번지 한적한 주택 골목에 위치한 독립서점 북 카페 〈페이지 31〉이 문을 연 지 4년이 되었다.

〈페이지 31〉은 책과 음악, 인생 이야기가 모여 인생의 한 페이지를 엮어가는 공간이다. 삶의 역동성이 느껴진다.

이곳은 주봉승 대표와 방송작가 송국화 씨가 협업을 하고 있는 북 카페다. 주 대표는 회사를 나온 후 서른하나에 카페를 열었다. 1년 후 방송작가 송국화 씨를 만나 독립출판물을 전시하고 판매를 시작했다.

주 대표가 카페를 전반적으로 운영하고 송국화 씨는 독립 출판물의 판매와 유통을 맡는다.

출퇴근용으로 보이는 자전거가 처음 눈에 띈다. 맞은편에는 익숙한 중고책들이 소품과 함께 꽂혀있다. 다양한 문화사업단이 만든 선물도 판매한다.

작은 식탁에 독립출판물이 전시돼 있다. 느낌이 색다른 표지와 제목들이 나를 이끈다. 일반 책보다 작지만 그 안에는 인생 한 페이지를 만들어낸 이야기가 고스란히 담겨있다.

나는 그런 책들을 좋아한다. 고된 삶의 역경을 담은 텍스트 속 짧지만 굵은 응어리들의 글귀가 모여 삶에 와닿는 책이기 때문이다.

카페에는 모임 공간이 많았다. 주 대표의 의지가 돋보인 부분이다. 악기를 연주하거나 책을 읽고 그림을 그리는 곳이면 좋겠다는 생각에서 비롯됐다. 인테리어는 주인장과 닮아있는 듯 가지런히 그 공간을 지배한다.

지난 11월 16일 늦은 8시에는 28살 청년 이학준 작가의 북토크도 열렸다. 스물다섯에 쓴 독립출판물『그 시절 나는 강물이었다』는 그의 젊은 에너지와 색다른 삶을 느껴볼 수 있는 소중한 시간이 담겨있다.

〈페이지 31〉은 '내 인생의 한 페이지'다. 서른한 살 때 시작한 북 카페가 주 대표의 삶을 성장시킨 주역이다.

독서 모임과 북 콘서트, 프리마켓을 열고 개성이 살아 숨 쉬는 공간으로 만들어 갈 것이다.

다시 찾아갈 때 또 어떤 모습으로 변했고 미래를 만들어갈지 그 한 페이지가 늘 궁금해진다.

출판 생태계에서 각자의 개성이 담긴 독립출판물은 이제 앞으로 한 단계 성장하는 계기를 만날 것이다. 지친 일상을 보듬어주기도 하고 때론 인생사를 쓰다듬고 가끔 고통이 따른 텍스트가 울림을 주는 날이 올 것이라 마지막 한 페이지가 궁금해진다.

페이지 31
창원시 성산구 단정로 98번길 17-9 1층

부드러움 책 한 권 속에 녹여, 독립서점 <보틀북스>

요즘 출판시장의 대세는 복합문화공간으로서의 변화다. 도서판매 공간보다 카페처럼 공간 공간마다 볼거리를 주는 편안하고 안락한 분위기를 선호하는 편이다. 온라인 서점과의 차별화로 난항을 극복하려는 것 같다.

서점과 서점의 융화, 극장이나 병원, 백화점과의 협업을 통한 공간 확장으로 책의 내용과 연계된 주제로 책과 물품을 함께 진열하면 고객의 선택 범위가 넓어진다.

독립서점은 멋들어진 공간에서 아날로그적인 감성과 개성을 갖추고 책방지기가 큐레이션한 책과 사람과의 공감이 중요한 콘셉트이다. 다양하고 개성적인 독립서점은 계속 늘고 있다. 현실적인 어려움에도 불구하고 나름의 잠재적 가치와 문화력을 지닌 독립책방이 서서히 우리 곁으로 유입되리라 기대하고 있다.

책을 매개로 주체적 삶이 연결된 곳이다.

그래서인지 '이유 없이 좋은 자유로움의 공간'이 독립책방이다.

오늘 찾아가는 곳은 2019년 1월 9일에 오픈한 진주시 문산읍 삼곡리 LH희망상가 101호에 있는 따끈따끈한 책방이다.

책방 주변은 터미널과 낡은 상가, 한의원, 교회, 노인회관이 있는 작은 마을의 읍내 풍경을 자아낸다. 오래된 분식집에서 허기를 달랜다. 따뜻한 정감을 주는 마을 사람들의 이야기가 궁금해졌다.

마을과 마을 사이에 작은 세대지만 새로 지은 아파트가 있고 1층에 독립서점이 보인다. 보틀북스의 로고, 붉은 튤립이 상징적으로 다가온다. 9평 정도에 독립출판물이 진열돼 있다. 튤립과 조명등이 책방을 더욱 선명한 색깔로 인도했다. 이곳은 채도운(28) 책방지기의 따뜻한 미소가 녹아있는 공간이다.

채도운 책방지기가 좋아하는 튤립의 꽃말은 '사랑의 고백'이다. 결혼할 때 부케로 받은 것이 좋은 감정으로 남아 책방에 진열하면 좋겠다고 생각돼 지금까지 공간을 차지하고 있단다.

그녀가 직접 만든 달달구리 보틀우유 5종, 크림치즈, 스트로베리, 블루베리 잼, 베이글 등의 부드럽고 상큼한 맛과 따뜻한 차 한 잔, 그리고 책방지기가 추천하는 책 한 권에는 여유로움이 있다.

벽면에 진열된 독립출판물은 책방지기의 취향이 잔뜩 묻어 있다. '오늘날의 우리네 세상', '요가 시리즈', '일상을 바라보고

보틀북스 -책을 매개로 이유 없이 좋아지는 공간이
독립책방이다.

자신을 돌아보는 다양한 시각', '사랑에 대한 복합적 감정', '당신의 하루가 궁금합니다', '책방지기의 서재에는 어떤 책이 있을까?', '책방지기의 꿈은 화가였어' 등으로 주제를 정해 찾기 쉽게 해놓았고 손님에게 도움을 주고자 손글씨로 책의 리뷰를 적어놓았다. 지인이나 연인, 친구들에게 튤립과 함께 감싼 책 포장 서비스는 색다른 선물을 경험하게 만든다.

조그마한 탁자에 아기자기한 굿즈들이 놓였다. 눈에 띄는 것은 문학 자판기다. 문학 자판기는 문학 작품의 요약된 구절을 출력하여 읽어볼 수 있는 기계다.

요즘 책을 읽지 않는 분들을 위한 책방지기의 심오한 고민이 있지 않을까라는 생각이 든다.

그녀의 이야기가 궁금했다.

채도운 책방지기는 한국저작권위원회에서 3년간 일하면서 자연스럽게 서점에 대해 관심을 가졌고, 독립출판물의 분쟁 사례 등을 맡아오면서 독립서점을 알게 되어 언젠가 서점을 열 꿈을 꾸기 시작했다. 업무의 강도와 잦은 출장으로 심신이 좋지 않은 상태가 지속되다 보니 책방에 대한 생각은 더욱 굳건해졌다.

책방의 입점은 쉽게 결정하지 못했고 망설였지만 남편의 도움이 컸다. 마침 LH희망상가에서 사회적 가치 실현을 위해 청년, 경력단절여성, 사회적기업, 영세 소상공인 등에게 장기간 저렴하게 임대를 해준다는 소식에 과감하게 오픈을 결정하게 되었다.

인구 유입과 접근성이 불편하고 특히 노인층이 대부분인 곳이라 쉽게 결정하지 못했지만 진주에는 독립서점이 없고 큰 서점들은 일반 서적이나 베스트셀러만 판매하기 때문에 독립출판물의 장점을 최대한 살린다면 좋은 시너지 효과가 나올 것이라는 확신이 있었다고 한다.

독립출판물은 책의 모양과 형태가 다양하고 틀을 깨는 것이 1차적 매력이다. 책 제목도 형식에 구애받지 않고 자유로움이 있다. 온라인에는 한정된 수량만 올라와 있기에 독립서점에 직접 방문하여 구입해야 한다. 이런 점들을 고려하며 여러 지역의 독립책방을 둘러보았고 남해의 〈아마도 책방〉이 인상 깊었다고 한다.

처음 하는 책방이라 인테리어, 책의 입고와 큐레이션, 카페 공간 등 준비하는 과정이 어려웠다. 하지만 첫 오픈 날 정말 기분이 좋았다고 한다. "하고 싶은 것을 하니 이것이 행복이다."라는 것을 느꼈다고 한다.

보틀북스는 병을 뜻하는 '보틀(Bottle)'과 책을 뜻하는 '북스 (Books)'의 결합된 단어다.

책과 오오색색 건강한 보틀우유, 따뜻한 커피를 즐길 수 있는 문학살롱으로 인식되기를 바라며 지었다.

책방을 찾아온 한 손님은 "SNS를 통해 접했다. 진주에 독립서점이 있다는 소식에 놀랐고 오늘 직접 와보니 독립출판물의 다양한 주제와 표지, 크기에 신기했다."라고 한다.

독립출판물은 책 제목이 매력적이다. 틀에 구애받지 않고 다양한 관점과 사유로 이루어진 문장도 끌린다. 자연스럽게 읽고 싶은 힘을 발휘한다.

서울의 북 페스티벌에서만 볼 수 있는 문학 자판기를 책방에 놓았더니 좋은 점들이 보이기 시작했다. 짧은 시간 동안 간편하게 문화생활을 즐기는 새로운 문화 트렌드인 스낵컬처와 닮아있었다.

문학 작품 중 짧은 글과 긴 글의 구절을 출력하여 책갈피로 간직할 수도 있으니 책과의 교감을 충족시켜 주는 기계이다.

채도운 책방지기에게 책 한 권을 추천받았다.

『일간 이슬아 수필집』이다. 이슬아 작가는 스스로를 연재 노동자라고 말하며 자신의 글을 읽어줄 구독자를 SNS에 모집하여 한 달에 만 원의 구독료를 받고 월~금요일 동안 매일매일 그녀의 수필을 독자의 메일함에 보낸다. 그녀의 솔직 담백한 이야기가 때로는 독자를 놀라게 하고 슬프게 하기도 하며 행복한 일상을 그려준다고 한다.

〈보틀북스〉에서는 판매한 도서의 1%는 적립하여 사회에 환원하고자 하고 매주 수요일 '문화가 있는 날'에는 도서를 기증하는 손님에게 보틀 음료로 감사의 마음을 전한다. 기증된 책들은 이웃 도서관이나 복지관에 전달하는 것을 계획하고 있다고 했다.

앞으로 꿈꾸고 있는 책방의 모습은 "가벼운 책 모임을 시작으로 작가를 초청하여 북 콘서트를 열 것이고 주변 분들과 즐겁게 책 읽는 공간을 만들어 가는 데 있다."라고 밝혔다.
또한, 이웃과 소통하는 협업의 관계를 통해 보틀북스가 문학살롱으로 거듭 성장하기를 기대한다고 한다.
부드러움을 책 한 권에 녹인 그녀의 소소한 일상이 더욱 궁금해진다. 언제나 한결같이 진열된 책을 정리하고 필요한 책

을 주문하거나 커피를 내리며 손님과 고민을 함께 나누는 공
간을 그려보았다.

보틀북스
진주시 월아산로 1047-14, LH희망상가 101호
@bottle_books

2. 낡고 오래된 것들의 아름다움,
헌책방 탐방기

<동훈서점>, <형설서점>에서 삶과 책방 이야기를 엿보다

사라져가는 헌책방은 누군가에겐 추억의 공간이요, 옛것들을 끄집어내어 볼 수 있는 삶의 향수이다.

그 인연으로 누군가는 책방지기가 되고 또는 삶의 한 페이지를 달구고 가지 않았을까?

세월을 간직한 채 아직도 풋풋함을 풍기는 오래된 책과 인상 좋은 주인장이 맞이할 것 같은 헌책방은 이제 얼마 남지 않아 아쉬움이 크다.

학창 시절, 친구와 함께 1년에 2번 정도 연례행사처럼 1시간

책과 사람,
삶이 머문 공간

동훈서점 - 손님이 원하는 책을 찾아줄 때는 책방 주인만의 노하우가 있다.

걸리는 읍내 스쿨서점을 갔다. 문제집도 사고 좋아하는 소설 책도 구입했고 겸사겸사 읍내를 구경하며 문학적 수준을 끌 어올렸던 시간이었다.

추억은 바람을 타고 진주의 어느 책방에 머물고 있다. 햇살 가득 고이 자고 있는 고양이의 앙증맞음이 소소함으로 스며 든 헌책방과 닮아있다.

동네 서점들이 점점 사라지고 있다. 이는 책 읽는 사람들이 줄어든 이유도 있고 인터넷 서점이 강세이기 때문이기도 하 다. 하지만, 오랜 세월 낡고 오래된 헌책을 품고 있는 진주의 헌책방을 탐방하면 책방지기의 삶과 책방 이야기를 엿들어 볼 수 있는 선물이 있다.

오래된 책에서 풍기는 아날로그적인 감성이라 할까? 헌책방에서 인생철학을 한가득 담아 왔다.

남강이 흐르는 강변을 따라 걷다 보면 20년이 된 〈동훈서점〉이 있다. 1999년에 문을 열었고 지금은 아버지에서 아들 정서훈 씨가 물려받아 책방을 운영한다. 그는 대학에서 문학을 전공했으며 서울에서 출판사와 학원 일을 하다가 진주로 옮겼다. 처음엔 흥미가 없다가 책방에 온 다양한 손님과 이야기를 나누다 보니 재미도 있고 스스로의 세계가 확장되어 점점 매력에 빠지게 되어 2009년부터 시작하게 되었다고 한다.

서점 문을 열면 겨우 사람 하나 지나갈 수 있는 통로가 있고, 서가에도 바닥에도 책들이 빽빽하게 차 있다. 1~2층 합쳐 5만 권이 넘는다.

손님이 원하는 책을 찾아줄 때는 정 씨만의 노하우가 있다. 추리 소설, 역사 만화, 문제집, 잡지 등 책 장르와 주제를 말하면 손님에게 꼭 맞는 책을 찾아준다. 아버지에게서 오랜 세월 배운 것과 나름 서점을 운영하면서 얻은 지혜로 베테랑이 되었기 때문일 것이다. '헌책방은 때때로 상상 속에 빠지기에 픽 좋은 장소가 된다'고 정 씨는 말한다.

정 씨는 20년 동안 버틸 수 있었던 이유로 10년 혹은 20년 가까이 서점을 줄곧 찾아준 단골손님들이 있기 때문이라 말한다. 단골손님 중 가장 기억에 남는 것은 어느 할아버지 손님이다. 군대 간 손자에게 편지를 쓰고 싶다며 편지 쓰는 법에 대한 책을 찾으셨다. 1970년대에 나온 『가정 편지투백과』를 권해 드렸고 그 뿌듯함이 지금도 좋은 기억으로 남아 있다고 한다.

정 씨는 "몰랐던 작가와 몰랐던 책을 발견할 때 또는 단골손님으로부터 지식, 책, 식견을 들을 때 공부가 되고 하루의 즐거움이 되어 그 짜릿함을 잊을 수 없다. 헌책방에 오면 기대 이상으로 좋은 책을 만나고 우연히 이끌림을 주는 책을 만날 수 있다."라고 말했다.

〈동훈서점〉에서 5km쯤 떨어진 봉곡동 로터리 도로변에는 〈형설서점〉이 자리 잡고 있다. 서점 입구에 적힌 "모든 책은 헌책이다."라는 문구가 인상적이다.

우연히 친구의 권유로 책방을 시작한 최준 〈형설서점〉 대표는 진주중학교 앞 〈즐겨찾기〉란 이름으로 시작하여 지금의 자리로 옮겼다.

현관부터 구석진 곳까지 천장에 닿을 듯이 수북이 쌓인 책들 사이에서 귓가에 들려오는 오래된 음악 소리가 헌책방의 고전미를 불러 모은다.

세월의 무게만큼이나 수없이 많은 책들 중 누군가가 꼭 필요로 할 한 권의 책이 있어 희망의 날갯짓을 하리라 믿는다.

가끔 이곳에 들려 차 한잔 마시며 책방 주인과 살아가는 이야기를 나눈다는 한 어르신은 향수를 느낄 수 있어 너무 좋다고 헌책방은 힘들 때 위안되는 공간이라 말씀하셨다.

최 대표는 한 사람 한 사람 필요한 책을 찾아주고 기뻐하는 모습에서 보람을 느낀다며 항상 손님을 기다리는 것이 아니라 책을 구하기 위한 마음가짐으로 지금까지 서점을 운영해 왔다고 한다. 17년 동안 꾸준히 작은 틈새를 공략했던 것이 현재까지 책방을 유지한 비결이다.

최 대표는 부산의 보수동처럼 진주도 시 정책적 차원에서 한곳에 모인 헌책방 거리를 만들어가면 좋겠다고 했다.

그의 목표는 "여건이 허락되면 헌책방을 확장하여 진주에서 양과 질에서 최고의 서점으로 성장하는 것이 꿈이다. 손님들이 양질의 책을 볼 수 있도록 할 것이며 옛 기억들을 누릴 수 있도록 '마중물' 같은 서점으로 운영하고 싶다."라고 밝혔다.

헌책방을 찾는 이유는 값도 싸지만, 먼지 쌓인 헌책들 속의 아름다운 글귀들에 옛사람들의 삶과 과거의 시간이 담겨 있기 때문이 아닐까?

우리 동네의 헌책방은 세월이 지나도 보물 같은 존재다. 낡고 오래된 것들의 아름다움을 빛나게 하는 것은 우리의 몫이다.

동훈서점
진주시 강남로 283 (남강의 도로변)

형설서점
진주시 진주대로 1149-1 (봉곡동 로타리 도로변)

<소문난서점>에서 삶과 책방 이야기를 엿보다

따사로운 봄기운에 나른했다.

봄은 책방을 깨운다.

진주의 마지막 헌책방은 느림의 미학을 담고 있다. 오래된 책방은 잊지 못할 추억을 불러온다.

여러 손님들이 가고 간 빈자리는 또 다른 누군가가 챙겨보는 삶의 한 조각 같은 곳이다.

늙은 노부부가 고이 낮잠을 자도 하나도 어색하지 않은 책방에서 깊은 우주를 그려보는 자연스러움이 배어있는 곳이 헌책방이다.

책방 주인이 문을 열면 "책 속에서 흐르는 물이 마치 바다처럼 일렁인다. 글자들이 속삭일 듯 나를 바라보며 책 한 권 한 권마다 눈도장 찍어내는 것이 어김없는 일상의 연속이다." 책이 쌓인 곳에서 커피 한 잔과 명상을 하고 나면 좋은 책 냄새가 서점 한가득 피어오른다.

60년의 세월을 오롯이 한 길만 걸어온 진주의 터줏대감 〈소문난서점〉의 이무웅(75) 대표의 하루 일과다.

〈소문난서점〉 입구 앞 높다랗게 쌓인 책이 인상적이다.

책방 입구부터 한 사람이 겨우 지나갈 정도로 좁은 책방에는 무수히 많은 책들이 빼곡히 역사를 담고 있다. 향토사, 한국학의 보고라 할 정도로 고서들이 즐비하다.

이 대표가 직접 발품을 팔아 모은 책들로 고귀한 것들은 역시 그저 만들어지는 것이 아니었다.

15살에 시작하여 어느새 75세의 나이가 된 그는 백방으로 구한 책들이 누군가에게 꼭 필요한 보물이라면 아낌없이 내어

책과 사람,
삶이 머문 공간

준다.

책방 구석에 걸린 액자는 이 대표의 철학을 담고 있다.

和氣萬堂: 온화한 기운이 집안에 가득하다.

子孝雙親樂 家和萬事成: 자식이 효도하면 어버이가 즐겁고,
가정이 화목하면 모든 일이 이루어진다.

단골손님도 많지만 장소가 버스터미널 위층이라 버스 시간이 남아 책방에서 시간을 보내는 손님도 제법 많다. 쉼터이자 사랑방 역할을 톡톡히 한다.

이 대표는 집안이 가난하여 고등학교 때 부모님이 주신 등록금으로 만화책 40권을 구입하여 만화방을 시작했다. 그 수입으로 동생들을 공부시켰다. 그 후 사천에서 학생서점을 운영하다 1981년 진주에 오면서 지금의 헌책방을 열었다.

그의 굴곡진 삶은 책방에 스며든 거울 속의 한 단면이다. 책 앞에 겸손해진다는 이 대표는 건강이 허락하는 한 책을 좋아하는 사람들에게 도움이 되고 싶다고 말했다.

소문이 자자한 헌책방의 비결은 이 대표의 숨은 노력이 있었기 때문이다.

그는 시집과 수필집으로 문학상을 받은 작가이면서 진주문화원 부원장, (사)진주박물관회 회장을 지낸 진주지역 문화계 원로다. 늦은 나이에 고등과 대입 검정고시를 거쳐 경남대학교 경영학과에 들어가 만학의 꿈을 이루었고 그의 도전은 지금도 현재진행형이다.

그의 작품으로는 시집『어떤 추억』과 수필집『빈 잔 속에 담긴 별』이 있다.

그의 책방은 언제나 손님들로 가득했다. 손님에게 책을 찾아주는 그의 눈빛에서 보람이 느껴진다. 이 많은 책들이 어디에 꽂혀져 있는지 쉽게 찾을 수 있다. 창고에 있는 책들도 불을 켜지 않고서도 더듬더듬 찾는다는 이 대표의 노하우는 손때 묻은 책을 매일 습관적으로 정리할 정도로 지극정성인 그의 책 사랑이 빚어낸 정신적 산물이다.

조선시대 철종을 제외한 왕들의 하루를 빠짐없이 기록한『일성록』은 한 질 한 질 어렵게 구해 이 대표가 가장 아끼는 고서다.

이 대표는 멀리 안동이나 전라도에 없는 책을 〈소문난서점〉에서 손님들에게 찾아줄 때 보람을 느낀다고 했다.

그는 마지막 바람이 있다면 "책을 좋아하는 사람이 있으면 책방을 물려주고 나는 두메산골에서 건강을 되찾고 싶다."라고 전했다.

멈춘 책방에도 봄은 찾아오고 있었다.

느리게 느리게 진주의 헌책방을 탐방했다. 보물창고 같은 책방은 낡고 아름다움의 가치를 재발견하는 곳이다. 정이 있고 삶의 깊은 끌림이 있다.

헌책방이 가지고 있는 오래되고 낡아가는 것들의 아름다움은 형용할 수 없는 깊은 느림의 미학이었다.

좋은 책은 늘 가슴으로 남기에 헌책방도 그렇게 남아간다.

소문난서점
진주시 동진로 16 진주고속버스터미널 2층

밀양의 독서문화를 꽃피우는 <청학서점>

밀양은 낮과 밤의 풍경이 다르다. 낮은 이방인들에게 익숙하지만 야경은 오롯이 고전미가 흐른다. 영남루 아래 밀양강에 비친 고요함이 고즈넉한 분위기를 자아내기에 충분했다.

매월 마지막 주 금요일 심야 책방이 열린다는 소식에 내일동 〈청학서점〉을 찾았다.

1961년에 문을 열어 57년이라는 세월을 늘 그 자리에서 풍파의 인고를 견디며 2대째 운영하고 있는 신찬섭(46) 대표가 지금의 〈청학서점〉 대표다.

소도시 밀양에서 청학서점은 어떤 의미로 다가왔을까? 궁금했다.

전통시장과 함께 성장한 서점은 늘 이웃과 함께한 사랑방 같은 존재였다. 부모들은 〈청학서점〉에 아이를 맡기고 장을 보러 갈 정도였다. 3~4년 후부터는 대형마트가 들어와 시장은 한산한 분위기다.

〈청학서점〉에는 나름 전통성과 초심을 잊지 않고 정도를 지키는 신 대표만의 철학이 있다. 여러 명의 아르바이트생을 둘 정도로 책방의 책들이 가지런히 꽂혀있다.

문제집은 10평 정도, 나머지 40평은 주제별 단행본이나 컴퓨터나 피아노 관련 서적, 그리고 2층에는 어린이 책이 진열돼 있다. 다른 서점과 차별성이 보인다.

책과 사람,
삶이 머문 공간

서점의 3층은 색다른 공간이 마련돼 있다. 다락방처럼 누군가에게 방해를 받지 않는 아지트 같은 비밀스러운 곳이다.

얼마 전까지는 북 카페 인북스를 운영했지만 지금은 독서 모임이나 영화, 음악회 등으로 활용된다.

은은한 분위기에 고고한 내부 인테리어가 돋보였다. 고풍스러운 원목과 소품이 사유의 세계를 이끌어주기에 충분했다. 주인장의 성품이 느껴지는 공간이다.

이곳의 주인장은 따로 있다. 신 대표의 처 이미라(45) 씨다.

그녀는 밀양이 고향이다. 어릴 적 이곳은 학생 때 가끔 책을 보려고 들른 곳이라 늘 익숙한 공간이었다. 그래서인지 서점과 책에 있어 마음이 맞는 지금의 남편과 결혼하여 지역의 독서문화를 바꿔가고 있다.

그녀가 자랑거리 하나를 꺼낸다. 밀양의 시내버스에서 안내 멘트가 흘러나온단다.

"다음 정류장은 청학서점입니다."

아직도 이 멘트에 어깨가 으쓱할 정도로 좋아진다는 그녀다.

3개의 독서 모임과 음악회, 영화관을 열며 북적북적한 책 문화를 전파하며 밀양의 독서 이야기를 써 내려가고 있다.

고전 읽기 책 모임인 '다락방'은 7년이 되었고 모임 횟수로 71회째다. 가장 오래된 만큼 그 안을 들여다보면 늘 묵직한 책 이야기가 내포되어 있다. 30~50세 이상의 여성 11명이 고전 책을 읽고 서로의 이야기에 귀 기울이며 지역과 연계하여 관련 연극을 보거나 음악, 영화를 감상한다.

관악단 엄마들로 구성된 멜로디 책 모임은 4년째, 불특정 다수 책 모임은 6년째 모임을 이어가고 있다. 소확행처럼 소소하지만 즐기고 행복한 일상이 되면 좋겠고 그것들이 모여 독서문화를 누리는 계기가 되었으면 한다고 말한다.

그녀는 늘 새로운 것들을 기획하고 있다.

11.11. 서점의 날을 맞아 금관 5중주의 아름다운 선율을 선보이고 영화 노팅힐 수록곡 〈She〉를 테너 음색으로 듣고 영화를 보는 행사도 열었다.

'함께 읽는 2018 책의 해'를 맞아 매달 마지막 금요일에는 책과 영화 등을 주제로 심야 책방을 진행한다. 6월에는 연극배우 김미숙 선생의 연극 인생, 7월에는 다암농원 운영진 손별과 홍차 이야기를 밤샘 엮었다.

11월 마지막 주 금요일 저녁 8시에는 최고의 '나이브 아트

(Naive Art)' 화가인 '모드 루이스'의 운명 같은 사랑과 그림에 대한 열정을 그려낸 실화를 바탕으로 한 영화 〈내 사랑〉을 감상했다.

그녀는 서점이 문화를 함께 공유하는 공간이 되었으면 좋겠다며 많은 분들이 함께 즐길 수 있도록 늘 SNS에 책 모임의 이야기나 책의 감상, 느낀 점을 올린다. 캐나다로 이주한 분과 분당에서도 몇몇 분이 관심을 갖고 책을 구입하거나 홍보하고 있어 놀랐다.

그녀는 페이퍼 잡지 편집장의 권유로 월간 「해피 투데이」에 '밀양댁 엄마 손 밥상'이라는 주제로 글을 연재하고 있다.

그녀의 서점과 책 모임이 늘 한결같음에 미소가 지어진다.

시간이 흘러도 다락방 같은, 아직도 남아있는 추억 같은 소중한 공간이 되리라 생각됐다.

소도시 밀양의 〈청학서점〉은 독서문화를 꽃피우는 첫 잎차를 우려낸 진함이 있다.

> **청학서점**
> 밀양시 남천강변로 55-3

책을 사랑한 진주 사람들의 문화공간 <진주문고>

올해 동네 책방의 부침 현상이 심각하다. 대형서점과 온라인화 추세 속에 위기감은 더욱 증가하고 있다. 책 읽는 독자도 없고 책을 대하는 방식에도 문제가 있다.

지금의 문제는 계속 지속될 것으로 예상된다. 책방, 도서관, 출판계가 마주 앉아 머리를 맞대어야 한다. 그렇게 해야 약간의 해답을 찾을 수 있다.

이런 어려움 속에서도 한결같이 지역민과 함께 지역에서 책과 문화를 아우르는 공간을 만들어가는 동네 서점이 있다. 진주의 문화 아이콘, <진주문고> 속을 들여다보자.

어둠이 조금씩 내려앉은 시간에 <진주문고>를 찾았다.

옛것들을 불러오는 외관 사이에 은은한 커피 향과 아늑한 조명이 곳곳을 비춰주었다. 진주하면 <진주문고>가 가장 많이 입에 오르내린다. 그만큼 진주시민들에게 익숙한 곳이기 때문이다.

30년 세월의 책방은 인구 35만 명의 도시에 10만 명의 회원을 보유하고 있다. 복합 문화공간으로서 늘 함께 성장하고 지적 사유를 채워주지 않았을까 하는 생각이 든다.

진주문고 - 진주 사람들의 책 문화가 숨 쉬는 이음새 역할을 톡톡히 해내는 공간이다.

여태훈 진주문고 대표는 1986년 〈개척서림〉으로 시작하여 1988년 〈책마을〉로 이름을 바꿨다가 1992년 지금의 〈진주문고〉라는 상호로 개칭했다.

진주시 평거동에 본점, 진주문화방송국에 분점이 있을 정도로 큰 규모의 지역 서점이다.

특별함이 있는 책방의 1층은 책과 함께 여유로움이 채워진 '진주커피'가 있었고 어린이책이 자유로운 공산 속에 진열돼 있다.

지역의 문화예술인, 지역의 생활 미술, 시민 작가의 상생 가치를 담아낼 수 있도록 '진주콘텐츠관'이 들어섰다. 진주의 문화적 콘텐츠가 집결된 곳이라 의미가 크다. 책방 안에 있다는 것에 놀랐고 진주 문화의 힘을 느낄 수 있어 다시 놀랐다.

'진주콘텐츠관' 벽면에 지역 콘텐츠의 의미를 되짚게 하는 글귀가 있다.

" 변방이 창조 공간이 되기 위해서는 결정적인 전제가 있다. 중심부에 대한 콤플렉스가 없어야 한다."

- 신영복, 『담론』 중에서 -

한 코너에 가지, 나무연필, 봄날의 책, 펄북스 등의 '어쩌다 1인 출판' 책들이 소수의 독자들을 위해 마련되어 있다.

독특한 색깔을 입힌 문고에 오래 머물고 싶어진다. 그저 하루의 풍경처럼 자연스럽다.

2층은 청소년, 학습 분야의 책을 볼 수 있고 문화 콘텐츠를 담당하는 '여서재(余書齋)' 공간이 들어섰다. 여서재는 시민을 위한 인문학 강연과 전시 등을 향유할 수 있는 공간이다. 복도 입구에는 아티스트 박건우 씨의 캘린더 원화전이 걸렸다.

책과 사람,
삶이 머문 공간

꽉 찬 2층의 공간은 청소년을 위한 문제집과 학습 자료집이 차지했다.

‘나’의 서재이자 ‘당신’의 서재로 다양한 독서 동아리와 북클럽을 지원하고 정기적인 작가 초청 강연회 및 아카데미도 열린다. 이번 주 강연은 『88만원 세대』 우석훈 저자이다. 그가 출간한 책과 소개를 한 코너에 만들어놓았다.

3층은 다양한 책과 서비스를 만날 수 있는 도서관 같은 편안함을 주는 공간이다.

시집, 에세이, 예술, 소설 장르의 책과 책방, 여행, 철학 관련 책들이 편안한 의자와 함께 비치되어 있어 책 읽는 분위기를 자아낸다.

멋들어진 공간이 많았다.

특히, 고민을 처방해 주는 ‘종이 약국’ 봉투와 처방된 책이 눈길을 끌었다. 가슴을 파고드는 책들은 저절로 손이 닿았다.

‘자연과 환경을 닮은 책’, ‘일과 삶의 대안을 말하는 책’은 주제별로 묶어 놓아 다양한 책의 범위를 선택하도록 만들었다.

지병으로 타계한 고 허수경 시인을 향한 그리움을 담아보고자 따로 작품 코너가 마련돼 있다. 미발표작 ‘진주라는 곳’도 전시돼 있다. 그녀의 삶이 고스란히 스며든다.

진주문고는 진주 속의 진주(珍珠) 문화 아이콘이자 문화 전달자의 이음새다. 한 번 가보면 제대로 알 수 있다. 백문이 불여일견이다.

진주시민의 일상에 스며든 진주문고는 사람과 책, 역사, 문화가 숨 쉬는 이야기로 끊임없이 꿈틀대고 있다. 가슴 뛰는 삶과 책이 머문 이곳이 그저 좋아지는 이유다.

> **진주문고**
> 진주시 평거동 193-3

60년 된 전통명가 <학문당>

동네 서점이 점점 사라지고 있는 현실에서도 전통을 지키고 새로운 책 공간을 만들어가고 있는 책방이 생겨나고 있다.

동네 서점은 특별하면서도 연례행사처럼 가곤 했던 추억의 공간이었다.

어린이날 부모님이 동네 서점에서 사 온 동화책, 특별한 날이나 새 학기가 시작될 때도 참고서를 구입하고자 친구와 갔던 기억이 아른거린다.

책과 사람,
삶이 머문 공간

서점은 책뿐만 아니라 약속의 장소이기도 했고 정보가 없던 시절에 사유의 폭을 넓혀주는 문화의 공간이었다.

그런 공간을 향유하고자 마산의 이색 책방을 찾아 나섰다. 한때 '경남의 명동'으로 불렸던 창동예술촌은 예술의 향기를 느낄 수 있는 장소다. 골목 구석구석 마산 문화의 향기가 가득했다.

"영혼의 목마름 채워주고 적셔주는 오래된 깊은 우물"

마산의 창동예술촌 안 가장 오래된 〈학문당〉 서점의 입구 게시판에 있는 문구다. 서점이 가진 다양한 의미 중 가장 와 닿는 글귀다.

60년 세월의 흔적들이 고스란히 묻어있는 골목길과 옛 문인들, 그곳을 스친 인연들이 얼마나 많았을까?

작년 12월 문재인 대통령이 방문하면서 한 번 더 가고 싶은 마음이 생겨 한걸음에 달려갔다. 두 군데의 문이 있는 서점은 옛것과 지금의 것들이 공존하면서 지역의 문화적 가치를 높여가고 있음을 짐작케 한다.

서점은 여러 종류의 책들이 깔끔하게 분류돼 있나. 1층에는 소설책과 역사책, 지하에는 기술 서적과 외국어 관련 책으로 나누어졌다. 다양하고 이색적인 책의 진열과 함께 몰입의 기운이 곳곳에서 느껴진다.

　1955년에 문을 연 학문당의 상호는 창업주인 권재구 씨의 호 '문당'에서 비롯되었다. 창동 지역이 경남의 명동이라 불리던 1980년대에 가장 호황을 누렸으며 그 시절 대표적인 만남의 명소였다. 지금은 그때만 못해도 2대째 운영 중인 권화현 씨의 서점에 대한 애착의 마음이 곳곳에 풍긴다.

　학문당 서점이 창동예술촌에서 정신적인 문화의 지주로 시민들의 뜨거움 마음을 느끼고 '책'이라는 매개체로 함께 공감하고 소통하는 문화 사랑방으로 남았으면 좋겠다.

학문당
창원시 마산합포구 창동거리길 21

3. 이색책방을
찾아서

여행이 있는 책맥 카페, <동네책방 술술>

책방이라는 따뜻한 단어가 주는 기억들은 시골 어느 집에 피어오른 굴뚝의 온기처럼 온 우주를 담고 있다. 가끔 커피 한 잔과 함께 좋은 글귀를 친구 삼아 음미하는 소중한 시간들이 삶에 천천히 채워지기를 바라는 것은 희망사항이다.

나는 오늘도 책방을 서성이며 인생의 빈 잔을 담아보려 어느 카페로 들어섰다. 오늘 목적지는 양산시 물금읍 범어리, 현재 신도시로 조성된 지역이다. 오픈한 지 3개월밖에 안 된 <동네책방 술술>을 운영하며 문화적 아이콘을 만들어가는

동네책방 술술 - 퇴근 후 맥주를 마시면서 좋아하는 책을 읽는 소확행을 즐기는 사람들의 공간

노언주(45) 주인장의 인생과 책방에 담긴 소소한 여행 철학을 풀어보았다.

　창가에 비친 책방의 풍경은 여느 카페처럼 진한 커피 내음이 코끝을 자극했다. 들어가는 입구에 이 주의 추천도서가 칠판에 적혀있다. 주변의 이야기들을 여러 관점으로 짚어볼 수 있는 물음표를 던지는 책들이다.
　햇살에 비친 서가의 책들은 주인장의 삶이 녹아있는 듯하다. 현대를 살아가는 오늘의 우리를 위해 코너 코너마다 정성스럽게 마련된 책들이 가슴을 찌른다. 여기저기 짤막하지만 툭툭 던지는 글귀는 조용한 위로를 넌지시 내비친다.

넓지 않은 공간은 주인장의 성향인 듯 여행이라는 테마로 채워져 있다. '여행 홀릭'일 정도로 책방 가득 눈에 들어온다.

소담스럽지만 그 안을 들여다보면 자기만의 빛깔이 그려져 있다.

내가 좋아하는 것을, 내 공간에 가득 채우고, 같은 취향을 가진 사람들과 나누는 즐거움 때문에 책방을 운영한다고 말한다.

책방 주인의 삶과 책방을 운영하기까지의 스토리가 궁금해졌다. 노 대표는 국제대학원 국제협력과를 졸업하여 인천국제교류센터, 부산 경제자유구역청, 인천발전연구원 등 국제투자 유치, 유엔기구 유치 담당으로 활동한 국제관계의 전문가이다.

그의 최종 목표는 유엔이었다. 많은 경력을 쌓았지만 최종 면접에서 2%를 채우지 못했다. 다시 도전하고자 했으나 스트레스 등으로 인해 많은 고민과 갈등을 했고 결국 내려놓음으로써 새로운 길을 찾았다.

책 읽기를 좋아하고 어려울 때 책이 준 영향으로 책방에 대한 관심이 높았던 그는 새로운 콘텐츠에 갈증을 느꼈고 작년 7월 말에 서울, 인천과 고향인 부산을 오가며 동네 책방이 요즘 대세라는 것을 알자 마음이 두근거리며 설렘과 희망이 생겼다고 한다.

먼저 상암동에 있는 〈북바이북〉, 대학로에 있는 〈이음책방〉, 그리고 홍대 〈땡스북스〉 등 요즘 가장 핫한 책방을 탐방하여 기록하고 조언을 구했다.

주위의 책방 주인은 쉽지 않은 일이라며 말렸다. 그래도 결심이 선 만큼 도전했다. 중요한 것은 장소였는데 부산 이곳저곳을 둘러보고 네이버 부동산 사이트에서도 알아본 결과 신도시가 적합했다. 문화적으로 성숙되지는 않지만 젊고 트렌드에 민감한 양산의 신도시를 선택하여 마침내 9월 20일 걱정 반 설렘 반으로 오픈식을 가졌다.

약 2개월 동안 직접 페인트를 칠하고 인테리어를 꾸민 결과 비용도 줄이고 뿌듯함도 더 컸다.

책방명은 〈북바이북〉을 참고하여 카페에서 하루 종일 '맥주와 책'이라는 테마를 생각한 결과 "책이 술술 읽히고 술이

책과 사람,
삶이 머문 공간

술술 넘어가는 책방"이라는 뜻의 〈동네책방 술술〉이라는 이름을 짓게 됐다.

첫 손님들의 반응은 책방이 예쁘다, 책의 컬렉션이 잘 꾸며져 있고 술과 차도 마실 수 있어 신선하다, 양산의 문화적 가치를 높여주면 좋겠다고 이구동성으로 말했다고 한다.

노언주 주인장은 직접 다녀온 남미 배낭여행을 담은 책과 체 게바라 서거 50주년을 맞아 구입한 엽서를 증정하는 추모주간 이벤트를 열었다.

책방은 특성상 온라인에서 쉽게 구입할 수 있는 베스트셀러보다 책방 주인의 취향과 개성이 담긴 책 위주로 구입하였고 주인장이 읽고 쓴 서평들은 블로그에 게재하여 알리고 있다.

그의 목표는 분명하다. 영어회화 스터디 모임, 영어원서 읽기 모임, 독서 모임 및 노 대표가 잘하는 캘리그래피 수업, 남미 배낭여행의 정보와 문화적 다양성을 살려 가칭 '중남미 여행 인문학' 강좌를 추진하겠다고 밝혔다.

은은함이 흐르는 책방은 음악과 차, 책, 사람과의 관계 속에 감수성이 충만해진다.

노 대표에게 책 한 권을 추천받았다. 그는 가장 어려울 때 힘이 된 책인 문요한의 『굿바이 게으름』의 한 구절을 소개하며 그동안 자신의 삶이 마치 부두에 묶여 있는 배와 같았다고 토로했다.

"가야 할 목적지도, 물과 음식 그리고 지도도 없을만큼"

이 책은 노 대표의 인생에 대한 반성, 성찰의 계기가 되었다. 성장하는 데 힘이 된 책은 지금까지 책장 한편에 꽂혀있다. 갈증이 날 때마다 그 구절을 음미한다.

읽은 책을 손글씨로 필사하여 옮겨보는 공간에 주인장의 마음이 잘 드러나 있다.

노 대표는 "옛날의 서점 방식을 고집하지 않고 요즘의 트렌드인 책과 사람을 연결하는 사랑방으로 만들어갈 것"이라고 말했다.
차츰 작가 초청도 열어갈 것이고 자연스럽게 책방 사람들과 맥주를 마시며 저녁이 즐거운 책 이야기를 나누는 공간이 되었으면 좋겠다고 한다.

책과 사람,
삶이 머문 공간

따스한 봄날 같은 책방, <그리고 당신의 이야기>

봄이 왔다. 길가에 핀 봄은 언제 봐도 사랑스럽다.

봄이라 마냥 미소가 절로 난다. 어디에 피어도 가슴이 뛴다.

통영으로 가는 길에도 물감을 번져놓은 듯한 수채화의 물결이 일렁거린다. 책방을 찾아가는 골목에서 한 문학인의 삶과 통한다. 좁은 골목길 아래 박경리 선생이 집필한 빛바랜 두 권의 책에서 향기로움이 묻어난다. 돌담길에 걸린 봄의 글귀들이 참 좋다.

   인생이란 사철이 봄일 수는 없잖아?

   가을이 오면 잎이 떨어지고 한겨울이 오면 헐벗고 떨어야 하지만, 이내 봄이 오지 않니?

   - 박경리, 『김약국의 딸들』 중에서 -

예술과 문학이 녹아있는 서피랑 골목길은 소설가 박경리가

그리고 당신의 이야기 - 당신의 못다 한 이야기를 비우고 채워가는 책방이 소소하고 따뜻한 느낌이 난다.

자란 곳이다.

새살이 돋아나 발걸음이 가볍다. 골목길에서 그의 숨결을 움켜보았다.

좁은 골목길을 지나 한옥스테이 '잊음' 공간에 도달하자 〈그리고 당신의 이야기〉 책방이 있었다.

〈그리고 당신의 이야기〉 책방은 2017년 12월에 들어섰다. 이 공간은 통영의 명정동 충렬사 맞은편에 있는 102년 된 한옥집이다. 박경리의 소설 『김약국의 딸들』의 주요 배경인 하동

책과 사람,
삶이 머문 공간

집이 모태가 됐고 조선건국준비위원회에서 회의하던 곳으로
알려져 역사적 의미를 더했다.

봄 햇살이 한옥의 문 사이로 스며든다. 마당에 핀 봄꽃들은
가슴을 떨리게 한다.

창살에 비친 봄은 옛 풍경을 그려놓은 듯해 고즈넉하다. 봄
바람 사이로 넘긴 책 한 구절은 마음의 깊이를 닮아갔다. 음
악을 곁들인 책방은 아기자기했다. 그저 이런 공간이 좋아 하
루가 소박한 행복이라는 느낌을 받았다.

책방의 마당 한구석에 봄의 기운이 부드럽게 넘친다.

오랜 깊이를 더한 한옥 한편에 문을 연 책방지기는 박정하
(28) 씨다. 정하 씨의 인생 스토리가 궁금했다.

문예창작과를 나온 그녀는 부산에 있는 어린이 서점 〈책과
아이들〉에서 책 읽어주는 선생님으로 4년간 근무했다. 통영
에서 〈봄날의 책방〉 책방지기로 있던 이병진 씨와 책방에 관
한 생각들을 자주 교환하였다.

이 둘을 이은 사람은 '잊음'에서 매니서로 활동하는 장윤근
씨로 그의 제안이 책방을 열게 된 계기가 됐다. 처음에는 빚

을 내어 '잊음'의 공간에 숍인숍의 개념으로 펜션을 운영하다가 작년 12월에 책방과 한옥스테이를 겸한 이색적인 공간을 만들었다.

마당 한편에 마련된 여행 책들이 봄 햇살을 머금는다. 한옥과 잘 어울려 책 표지만 보아도 느낌이 좋다.

'잊음'의 공간은 거실과 작은방 2개, 큰방 1개로, 책방은 거실에 이뤄졌다. 책장은 정성을 담은 책들로 꾸며졌다. 정하 씨의 꼼꼼함이 빛났다. 삶을 보듬고 함께하고픈 책과 통영을 알리고 문학과 시, 예술을 아우르는 것들이 가득하다.

책방의 이름이 참 좋다.

이병진 씨의 소설 제목을 모티브로 하여 책방 이름을 지었단다. 책을 매개로 사람을 만나고 그 속에 비움과 채움의 이야기가 모여 당신의 이야기를 채워가라는 뜻이다.

이곳의 매력은 박정하 씨다. 책을 읽고 손님을 기다린다. 손님의 내재된 마음들을 이끌어내 '좋은 책'을 소개한다. 단순하지만 그 속에는 사람을 잇는 묘한 매력을 발견할 수 있다.

정하 씨는 자신을 '북텐더'라 소개한다. 칵테일을 만드는 바텐더가 바(Bar)를 사이에 두고 대화를 나누듯이 책을 매개로

책과 사람,
삶이 머문 공간

사이에 두고 다정한 이야기를 그려나간다는 의미다.

은은한 봄바람이 실려 오는 책방은 나와 당신의 이야기로 동화된다.

책방 곳곳에 손때 묻은 책방지기의 정성이 고스란히 남아 있다.

이야기하는 내내 정하 씨의 얼굴이 해맑다. 손님의 마음을 헤아리는 자세가 분위기를 이끌어간다. '좋은 책'에 대한 그녀의 마음도 자연스럽게 연결돼 책방의 철학으로 녹아있다.

"지금은 어려움이 있지만 책방 손님에게 좋은 책을 추천하여 기뻐해 줄 때 좋았고 책방다운 책방이라며 칭찬과 격려에 기분이 좋고 힘이 난다."라고 말한다.

오전 11시 30분부터 오후 6시까지 문을 열고 그다음 시간은 숙박 손님이 한옥에서 책과 함께 여유로운 밤을 보낸다.

정하 씨에게 한 권의 책을 추천받았다. 사노 요코의 『사는 게 뭐라고』

이 책은 삶과 죽음에 관하여 생각하게 하며 '우리는 어떻게 살게 될 것인가?'라는 물음에 내해 소소한 위로를 받는나고 한다.

차와 함께 인생을 곁들어 마실 수 있어 여유가 오래간다. 책방은 낭독으로 읽는 동화, 작가 강연, 독서 모임, 한 달 한 번 심야 책방 운영 등 다양한 독서프로그램을 진행할 예정에 있으며 병진 씨와 함께하는 시 읽기 모임도 준비 중에 있다.

정하 씨는 "조용히 한옥의 멋에 누어 책 읽을 시간과 함께 나와 이웃이 만나 마음을 들여다보는 시간으로 그 이야기에 빠져들 수 있는 책방을 만들어가고 싶다."라고 말했다.

또한, "102년 전의 옛사람과 통하여 빈 마음을 '그리고 당신의 이야기'로 채워서 가시면 좋겠다."라고 했다.

〈그리고 당신의 이야기〉 책방은 하루의 멈춤이다.

오롯이 책과 사람을 잇는 공간에서 어느 날 따스한 봄날은 행복으로 쌓인다.

그리고 당신의 이야기
통영시 충렬4길 335번지

책과 사람,
삶이 머문 공간

<봄날의 책방>, 통영의 삶과 예술을 책으로 품다

봉수골 주택가에 자리한 〈봄날의 책방〉은 전혁림 미술관과 함께 통영의 문화 아이콘이다.

봄이 온 봉수골 벚꽃거리에 흩날리는 벚꽃잎이 동화스럽다.

흠뻑 빠져버릴 것 같은 한편의 봄 이야기는 짧지만 강렬한

봄날의 책방 - 통영 예술인들의 삶과 예술을 만나 새로운 온기를 불어 넣는다.

인상을 주기에 충분했다. 봄 향기 가득한 카페를 지나 느긋하게 골목을 걷다 보면 아담하고 예쁜 동네 책방 하나가 향긋하게 끌린다.

파릇파릇한 봄의 기운들이 〈봄날의 책방〉으로 스며든다. 2017년 11월, 4평 남짓한 책방 공간은 통영의 삶과 예술을 소통하는 문화 사랑방으로 새롭게 변신을 꾀했다.

지역의 특색을 살린 책방은 예술가의 방, 작가의 방, 책 읽는 부엌, 바다 책방, 장인의 다락방으로 나누어져 있다.

책을 읽으며 숙박할 수 있는 콘셉트인 북스테이를 내걸어 전국적인 명소로 떠올랐다.

게스트하우스 '봄날의 집'을 책과 지역 문화예술인을 알리는 전시 체험하는 문화 공간으로 채웠다.

책도 기존의 수보다 늘어 색깔 있는 책들이 고객의 입맛을 다양하게 살렸다.

책방을 찾은 사람들의 표정에는 여유로움이 묻어났다.

각각의 독특한 방은 책과 작품, 소품들로 메워져 특별함을 선물한다.

기존의 책방은 '바다 책방'으로 꾸며 통영의 바다와 여행, 아름다운 그림책이 모여 통영의 아름다운 풍경이 그려진다. 특

책과 사람,
삶이 머문 공간

히, 그림책과 함께 예쁜 바다와 여행을 닮은 소품을 곁들여 책 속으로 빠져들게 한다.

3월 31일에는 첫 번째 원데이 클래스로『동전 하나로도 행복했던 구멍가게의 날들』이미경 작가와 함께 펜화 드로잉 교실을 열었다.

잃어가는 고향의 따뜻한 감성을 전하고 싶은 작가의 아트프린팅은 인기가 많았다. 지금은 볼 수 없는 추억의 구멍가게가 아름다운 수채화로 그려져 봄날의 따사로움이 몸으로 스며든다.

책방 여기저기 책의 마음을 훔치게 하는 책 꼬리표가 인상적이다.

책방 안쪽은 '예술가의 방'이다. 미술과 음악, 디자인, 공예 등 예술가들에게 영감을 주는 책과 작품을 만날 수 있다.

통영 출신의 세계적인 작곡가 윤이상 선생의 유해가 돌아오는 해라 그의 작품과 소품에 눈길이 절로 갔다. 안락한 분위기에서 음악을 듣거나 편안하게 책을 볼 수 있어 여행자에게는 느긋함을 주는 힐링 공간이 될 것 같았다.

전혁림 미술관의 부엌을 본뜬 '책 읽는 부엌'은 전혁림 화백의 타일아트와 아들 전영근 화백의 도자기를 만날 수 있는 리빙, 요리, 생태 관련 테마의 공간이다. 이 공간은 요리하고픈 끌림을 준다.

요리와 리빙, 가드닝, 교육 등 삶에 휴식을 주는 정보가 담긴 책과 자연과 함께하는 삶, 여성과 아이들의 대안적인 삶을 담은 책을 소개하고 있어 여성 독자들에게 관심도가 높았다.

'작가의 방'은 통영에서 나고 자란, 혹은 박경리, 김춘수, 백석 등 통영을 사랑한 문인들의 작품과 그 작품의 배경을 순차적으로 소개하고 있다.

독특한 분위기를 자아내는 작가의 방 안에서 가만히 귀 기울여 보면 글귀에 담긴 오묘함이 느껴진다. 창밖의 풍경에 비친 그리움의 봄은 아련하게 속삭인다. 오래 머물고 싶다.

〈봄날의 책방〉의 자랑거리는 북스테이다. 북스테이 공간은 조선시대 명품 브랜드 12공방의 전통을 잇는 장인들의 공예 작품으로 꾸몄다.

'장인의 다락방'은 책을 사고 일정 수준의 마일리지가 쌓이면 이용할 수 있도록 조건을 내걸었다.

원숙영 책방지기는 이곳을 "여행자에게는 잃어버린 것들을 찾아주는 쉼표 같은 공간이 되고, 좋은 사람과 좋은 책이 만나 행복을 보듬으며 언제나 나를 발견하고 풍만한 감성을 부르는 곳"이라고 말했다.

무뎌지는 일상을 행복으로 채워가며 따뜻함을 보듬는 책방이다.

책방은 원데이 클래스, 봄날의 아트스쿨, 북토크 등 봄날의 손님과 다양한 문화적 향수를 마실 계획이다.

〈봄날의 책방〉은 통영의 삶과 예술을 책으로 온기를 불어 넣는 마중물 같은 존재다.

봄날, 가슴 떨린 따스한 마음 한 잔 채워가는 매료에 빠지지 않을 수 없다.

봄날의 책방
통영시 봉평동 188-23번지

아이 엄마의 마음을 담은 <안녕, 고래야> 그림 책방

동네 서점 앱 퍼니플랜에 따르면 올해 6월 기준 전국의 동네 서점은 362곳이다. 반면 폐점이나 휴업하는 곳도 전체의 10%인 35곳에 이른다.

안녕, 고래야 - 젊은 세대들의 취향을 고려한 책과 커피, 피크닉 소품을 활용하여 소소함을 즐길 수 있어 인기가 좋다.

국어사전에서는 서점을 '책을 갖추어 놓고 팔거나 사는 가게'라고 설명하고 있다. 그러나, 시대의 변화에 따라 서점의 정의를 새롭게 정립할 필요성이 있다.

현재의 서점은 특히 각양각색으로 운영되는데 운영자의 개성 있는 취향과 차별화된 공간이 문화 트렌드로 자리 잡고 있다. 책이라는 매체를 통해 개성 있는 차별화로 손님의 마음을 사로잡기도 하고 그 공간의 역동성을 이끌어내기도 한다.

지방은 대도시보다 문화적 한계가 있어 상당히 어려움에도 열정이라는 에너지만으로 책방을 연 양산 물금읍 백호 2길 7-7에 자리 잡은 〈안녕, 고래야〉 그림 책방을 찾아가 보았다.

책방은 조여경 책방지기와 그의 친구가 함께 업무를 분담하여 운영하고 있었다. 2018년 4월 5일에 오픈하여 두 달 동안 다양한 콘텐츠가 쌓여가고 있음을 첫인상만으로도 짐작하게 했다.

두 사람은 전국의 유명한 책방을 돌아다니면서 보고 느낀 것들을 구체적으로 실행에 옮겼다. 특히 아이 엄마를 키우는 마음을 책방에 녹여보고자 했다.

줄리 폴리아노의 『고래가 보고 싶거든』 그림책의 영감을 받아 책방 이름을 지었다.

간절히 보기 원하는 '고래'를 보기 위해 내가 어떤 삶을 살았는지, 무엇을 놓쳤는지, 무엇 때문에 이렇게 아쉬운 마음이 남는지 잠시 멈추어 마음을 들여다보는 꿈과 희망의 메시지를 전하고 싶었다고 한다.

작은 책방이지만 속이 알찬 공간이다. 처음에는 그림책과 카페의 분위기에 휩쓸리고 두 번째는 부모와 아이의 책 읽는 모습 속에 따뜻한 감성이 채워진다.

30평의 책방에서 가장 처음 눈에 띄는 것은 천장에 매달린 책과 전등의 조화로운 인테리어다. 전체적인 책방의 테마를 살렸다.

여기저기 책방지기의 정성스러운 마음이 손끝의 촉감으로 고스란히 묻어있다.

책과 사람을 사랑하는 마음이 특별한 공간에 녹아내렸다.

"무엇보다도 아이 엄마들이 갈 곳이 필요했어요. 편안하게 책을 읽고 육아 정보도 공유하는 그런 공간들로 채워가고 싶은 욕심이 생겼고 양산의 문화적 혜택을 누리는 데 조금이나마 일조하고 싶었죠."라고 책방을 연 이유를 밝혔다.

책과 사람,
삶이 머문 공간

때때로 인생의 답을 책 속에서 알아볼 수 있는 '책점'이 한편에 마련돼 있다. 그림책은 일상의 대화를 소소한 기쁨으로 불러일으킨다.

책 포장은 책을 구매하는 손님에게 감사하는 마음으로 특별하게 담는다.

"어른도 한때는 아이였다."

어른을 일깨우는 글귀가 뜻밖의 순간을 자극한다.

아이를 키우는 엄마의 고민거리를 해소하고픈 사심으로 책방을 꾸몄고 책들도 그런 사심으로 가득 메웠다.

독특한 서비스로 손님의 눈길을 끄는 '피크닉 소품'이 책방 한편에 진열돼 있다. 피크닉 바구니, 커피잔, 디저트 등을 대여하고 피크닉 북과 함께 가까운 공원에서 소풍을 즐기는 방식이다. 책이 삶의 일부분을 만들 수 있도록 문화를 새로운 관점으로 바라보고자 시작됐다.

"대학생이 많이 이용하는데요. 가까운 황산공원과 디자인공원에서 2시간 동안 친구와 함께 커피를 마시며 책을 읽고 일상의 소소한 즐거움을 만끽하는 소확행을 즐기는 것이죠."

책을 사고팔 수 있는 북마켓과 함께 그림책 읽어주기는 이곳 책방에서 가장 일상적으로 스며든 자연스러움이다.

아직 두 달 정도 되었지만 책과 사람이 만나 이야기를 나누고 공감하며 평범한 일상의 행복한 순간들을 이루어내는 것이 책방과 잘 어울려 양산의 핫 트렌드로 가득 피어오를 만하다.

손님에게 책의 재미와 가치를 전달하고픈 조여경 책방지기는 유시민 작가가 말한 '지식 소매업상'처럼 부끄럼이 없을 정도의 지식을 갖추고자 늘 배우고 노력할 것이라고 했다.

조여경 책방지기는 "양산의 문화적 가치를 높이는데 일조하는 것이 일차적 목표. 그다음은 2호점을 열고 싶으며 지금처럼 초심을 잃지 않고 친구와 함께 재미있게 따뜻함이 묻어나는 책방으로 운영하고 싶다."라고 말했다.

어릴 때 아름다운 추억을 만들어주는 것은 최상의 선물이다. 책방은 그런 공간이다. 성인이 되었을 때 마음 한편에 비친 추억의 공간은 오랜 쉼터로 남는다.

〈안녕, 고래야〉 그림 책방은 그림책과 함께 아이를 키우는

책과 사람,
삶이 머문 공간

부모의 심정을 공유하고 소통하면서 늘 그 자리에서 살아 숨쉬고 있을 것이다.

안녕, 고래야
양산시 물금읍 가촌리 1260-16

삶의 위안을 보듬어주는 동네 책방, <책봄>

여유로움이라 할까? 한풀 꺾인 날씨에 산책하는 사람들의 표정도 한결 부드럽다.

커피 향이 퍼지는 가로수길은 문화의 거리다. 옹기종기 모여 있는 카페와 예술가들의 예쁜 집들이 향기로운 풍경을 뿜어낸다.

가로수 골목길로 들어서면 참 괜찮은 책방이 있다. 2017년 4월에 문을 연 동네 책방 <책봄>은 '책을 보다'의 줄인 말이다. 소소하기 때문에 더 특별함이 있는 책방이다.

책방 입구에 정현종의 시 <방문객>이 울림을 줬다. 그 울림이 발걸음을 멈춘다.

청소년을 위한 공간을 꿈꾸는 동네 책방, 〈책봄〉은 대안학교 상담교사 2명이 기획해 2017년 4월에 오픈했다.

대안학교에서 근무했던 상담교사(국어교사, 영상전문교사) 2명이 의기투합하여 청소년을 위한 문화 공간으로 만들고자 '책'이라는 매개체로 만나고 서로 소통하고 공감을 나눌 수 있도록 했다. 지금은 모든 사람들이 찾아주는 사람 냄새나는 공간이 됐다.

은은함이 묻은 북 카페는 따뜻하다. 책 속의 글귀, 책을 빌려주는 메모에서 주인장이 나름 어떤 분인지 짐작이 간다.

이름을 알리고 싶지 않아 책봄 선생님이라 칭했다. 책봄 선생님의 일상은 매우 바쁘다. 책방에서 상담이 주 업무지만 책방을 유지하기 위해 외부강의도 하신다.

〈책봄〉은 커피와 차는 덤이다. 책과 사람이 모여 함께 소통하고 즐길 수 있는 공간이 이곳의 일상이다. 무료로 심리상담을 받아볼 수 있다는 것도 큰 매력이다.

〈책봄〉은 책을 통해 서로 이야기를 들어주고 눈을 마주치며 다독이는 사랑방 같은 힐링 공간이다.

비치된 책은 1,000여 권, 판매용은 300여 권에 이른다. 그중 북 카페에 있는 책들은 빌려볼 수 있다. 빌려 간 책들은 양심

에 맡기고 있다. 간단한 메모를 통해 책을 빌려주며 반납기한
은 따로 정하지 않았다. 반납할 때까지 너그럽게 기다려준다.

토론방과 책방은 〈책봄〉의 상징적 공간으로 청소년들이 꿈
꾸는 아지트 같은 곳이다.
토론방은 가족영화, 독서 모임, 심리 강의, 상담 프로그램을
진행하는 다목적실이다. 청소년인권연대, 창원독서클럽이 꾸
준히 활동하고 있다.

책방엔 청소년, 시집, 사람, 마음, 관계에 관한 책이 꽂혀있
다. 사람 냄새가 나는 책방을 꿈꾸고자 했던 마음이 고스란히
스며들어 있다. 책 속의 글귀들이 하나하나 가슴에 와닿는다.

책봄 선생님은 상담을 통해 책을 선정해 주고 마음을 보듬
어준다. 청소년들도 책을 통해 깊은 생각과 간접경험을 하고
사람 사는 이야기를 들을 수 있어 깨우치는 바가 크다고 했다.

책봄의 자랑거리는 나의 이야기를 들어주고 삶의 성찰을 보
듬어주는 시집들이다.
『신현림의 미술관에서 읽은 시』를 추천하면서 책방지기가

경험했던 성찰의 순간을 시집에서 꺼낸다. 시공간을 넘어 자신을 감동시킨 한 폭의 그림과 한 편의 시가 어우러져 현대를 살아가는 우리의 아픔을 따뜻한 가슴으로 어루만져 주는 작품이라 했다.

청소년 관련 책들도 따로 공간을 마련하여 청소년들에게 상담을 하거나 주제를 정해 서로의 마음을 이야기로 풀어냈다. 공감을 주는 공간이다.

또 하나의 이색 공간 '오늘의 필사'도 인상 깊다. 좋은 글귀를 베껴 쓰는 것뿐만 아니라 머리, 손, 입, 눈, 소리의 감성을 자극한다.

손편지를 써두면 매달 15일에 집으로 배달되는 서비스도 무료로 진행하고 있다. 가족을 위한 컬러링북 공간은 마음의 근력을 충족한다.

독서치료, 치유 글쓰기, 심리상담 등의 상담 프로그램이 주가 되고 독서클럽, 가족영화, 심리 강의도 운영한다.

청소년, 대학생 등 다양한 연령층을 포함하여 혼자 오거나 가족이 함께 와서 상담도 받고 책을 읽는 시간을 보내는 따뜻함이 있는 참 괜찮은 공간이다.

책과 사람,
삶이 머문 공간

책봄 선생님은 "사람 냄새가 나는 동네 사랑방 같은 책방을 꿈꾸고자 합니다. 소소하지만 책을 매개체로 서로 이야기를 들어주며 청소년뿐만 아니라 다양한 연령대의 사람들이 어울릴 수 있는 소통하는 공간으로 만들고자 노력할 것"이라 말했다.

동네 이웃집 같은 편안함이 있는 '봄날 같은 책방'이라 할까? 커피 한 잔에 인생 한 잔과 함께 삶의 위안을 보듬어주는 시간을 가져보면 좋을 듯싶다.

책봄

창원시 의창구 외동반림로 254번길 28 경남도민의 집 맞은편

시골 책방에서 만나는 소소한 행복, <책의정원>

북캉스란 '북(Book)'과 '바캉스(Vacance)'의 결합어로, 독서를 즐기며 휴가를 보내는 것을 말한다. 이는 여름휴가 중인 직장인 또는 방학을 맞이한 학생들이 평소에 미뤄뒀던 독서를 하려는 경향을 반영한다.

여름휴가를 뜻깊게 보내고자 한다면 '북캉스'가 좋다. 가까

책의정원 - 이지은 씨의 책방은 느릿함과
서두를 것 없이 오롯이 나를 기대는 시간이 있다

운 동네 도서관도 좋고 책방에서 즐기기도 좋다.

아니면, 집을 떠나 책과 함께 사색의 여유를 즐기는 하룻밤, 지적 쉼표를 찍어줄 북캉스 휴가를 떠나보는 나만의 시간을 가져보는 것도 괜찮다. 조용한 곳에 자리 잡은 어느 시골 마을에서 푸른 자연과 함께 아늑한 서재 같은 책방에서 북스테이를 즐길 수 있는 곳도 요즘 많이 생겨나고 있다.

한 지인의 소개로 다도해의 비경을 즐길 수 있는 경남 남해 평현리의 〈책의정원〉으로 향했다. 평현리의 작은 마을은 벼가 익어가고 녹음이 짙은 따뜻함이 녹아내린 한적한 시골이었다.

찾아가는 내내 이런 곳에 책방이 있다는 것보다 책방을 찾아 여기까지 오는 사람이 있다는 게 신기할 만큼 조용했다.

〈책의정원〉은 마을회관을 리모델링한 게스트하우스다. 2016년 7월에 게스트하우스를 열었고 2017년 1월부터 1층에 책방을 운영하기 시작했다.

책방을 연 순간 놀랐다. 나의 반응은 이렇다. '작고 아담하며 소박하고 신기하다.'

이지은(43) 책방 주인과 초등학생 2학년인 딸이 반갑게 맞이해 주었다.

냉커피 한 잔으로 책방의 끌림에 사로잡혔다. 오래된 책방처럼 고전의 책 냄새가 났다.

책방 주인장의 개인 서재에 들어선 듯 아늑하고 손때 묻은 책방에는 식물, 자연, 문학, 시 등 주인장의 관심사를 엿볼 수 있는 책이 가득했다. 여기에 추천 책과 어린이 동화책과 그림책까지 다양한 책들이 책장을 지키고 있다.

책과 식물을 좋아하는 책방 주인장의 취향이 책방 공간에 잘 내포돼 있다.

그래픽 노블, 잡지, 소설, 여행 책자와 중고 서적까지 책장을 채우고 있어 20대 혼행족과 가족 여행객들에게 인기가 좋다고 책방 주인은 말했다. 쉽게 만날 수 없는 남해 지역 출판물과 지역 작가들의 작품도 만나볼 수 있다.

우연히 발견하는 보석처럼 책방은 오랜 기억으로 남는다. 일본의 독특한 서점인 '일주일 동안 한 종류의 책만 파는' 모리오카 서점이 생각났다. 단순미에서 느끼는 중후함이 정신을 빼앗겨 버릴 정도다. 독특하면서 매료될 만한 곳이라 생각됐다.

"당신 주머니나 가방에 책을 넣고 다니는 것은, 특히 불행한 시기에 당신을 행복하게 해줄 다른 세계를 넣고 다니는 것을

책과 사람,
삶이 머문 공간

의미한다."

- 오르한 파무크 -

책방 주인장 이지은 씨의 책방 이야기가 궁금해졌다. 신혼은 가평에서 귀농으로 시작했다고 한다. 남편은 도자기, 자신은 정원에 대한 관심이 많아 '침묵의 봄', '월든' 등 자연과 귀촌에 관한 책들을 읽었다. 남편은 특히 인도 배낭여행을 즐겼고 자신은 책 관련 축제나 중고책방에서 책을 사면서 북 카페에 대해 관심이 많아졌단다.

어느 순간 하동으로 귀촌을 결심하여 게스트하우스 겸 북카페 공간인 〈도시고양이생존연구소〉를 열었다. 4~5년 동안 하동의 커피문화를 알렸고 열심히 일했다. 하지만, 남편이 하고 싶은 도자기는 공간이 부족했고 본인이 좋아하는 독서 경험은 조금씩 단절되어 갔다.

2016년에 남해의 한 지인의 소개로 평현리에 정착할 수 있었다. 남편은 돌창고 프로젝트에서 도자기를 굽고 자신은 게스트하우스와 책방을 운영하며 이곳에 정착하여 소소한 행복을 누리고 있다고 이지은 씨는 감춰두었던 이야기를 꺼냈다.

〈책의정원〉의 의미는 책을 읽고 개인적 취향을 정원처럼 가꾸어야 한다는 마음과 개인적으로 정원을 좋아하는 마음을 합쳐 지었다.

지은 씨는 〈책의정원〉보다 '은유정원'으로 이름을 짓고 싶었다며 솔직한 속내를 드러냈다. 영화 '일 포스키노'에서 '마리오'는 은유를 통해 '영원한 사랑' '베아트리체'를 얻게 되었고, 삶을 아름답게 볼 수 있었으며 자신이 못 봤던 것을 되돌아보게 된다. 그 이야기가 늘 여운으로 남았다고 한다.

책방 주인은 멀리서 오시는 손님이 오면 무엇이라도 하나 더 철학적으로 내어주고 싶은 욕심이 강해 보인다. 그 겸손함과 오래된 내공이 어우러져 책방의 아우라로 풍긴다.

이지은 책방 주인은 3권의 책을 추천했다.

미야자와 겐지의 『비에도 지지 않고』, 헤르만 헤세의 『정원일의 즐거움』, 백석의 『나와 나타샤와 흰 당나귀』이다. 특히, 백석의 『나와 나타샤와 흰 당나귀』는 삶에 대한 위로와 자연에 대한 그리움, 작고 가난하지만 마음을 후벼 파는 시어들이 큰 울림을 주었다고 한다.

소박하고 순박하고 간소함이 묻은 책방 주인은 "마음 맞는 이와 문학 모임을 하고 싶다."라고 한다. 동네 주민들에게는 사

책과 사람,
삶이 머문 공간

람의 끈, 소통, 담소를 나누는 사랑방으로 열어가고 싶고 동네 아이에게는 사랑이 무한정으로 넘치는 공간으로 만들고 싶은 욕심이 있다. 동화책도 읽어주고 수업도 하고 동화 구연 공연도 하는 곳으로 만들어가고 싶다고 말했다.

언제든지 오시면 문은 항상 열려있다며 좋은 책 많이 보시고 위안을 얻어 갔음을 바란다고 한다.

지은 씨의 책방에는 서두를 게 없다. 책장을 넘기는 것조차 여유로워질 뿐만 아니라 이곳에서 마음에 담아 가는 건 책만이 아닐 것이다.

여행에서 지친 심신을 나만의 아지트 같은 이 공간에서 소소한 꿈을 꾸어보는 것도 욕심이 아니다. 삶을 살아가는 느낌표 하나 남겨볼 만한 하루다.

느림의 미학이라 할까?

책의정원
경남 남해군 남해읍 평현로173번길 44-20

당신의 삶을 브랜딩하는 '빛나는 나'를 위한 공간 〈달빛책방〉

부드러움 구름이 한결 넘실대는 오후의 가을햇살을 받으며 김해 불암동 아름다운 서낙동강변을 거닐다 보면 어느새 시원한 바람이 몸속으로 스며든다.

강변과 마주한 아름다운 곳에 〈달빛책방〉이 자리 잡고 있다.

별들이 내려앉은 하늘색 창틀과 예쁜 화분들이 하나둘씩 책방을 은은하게 비춰주어 달빛 같은 인상을 심어주었다.

입구에 쓰인 한 줄 문구가 특별함이 있다.

"가장 빛나는 당신의 이야기를 찾아 브랜딩 합니다."

2018년 3월에 문을 연 〈달빛책방〉은 박선아(33) 대표가 운영하고 있다. 책방의 콘셉트는 가족, 브랜딩, 엄마라는 콘텐츠이다. 박 대표만이 아니라 가족이 함께 운영하고 꿈이 영글어가는 곳이라 더 특별한 공간이 아닐 수 없다.

박 대표는 2살 딸아이의 엄마로 책 처방과 퍼스널 브랜딩, 엄마 독서 모임을 이끌고 있다. 또 꽃차 소믈리에로서 꽃과 식

물, 꽃차를 담당하고, 남동생은 바리스타로, 아버지는 카페의
전반적인 일들을 돌보고 있다.

　박 대표의 퍼스널 브랜딩은 책방과 함께한 가족의 사연으로
녹아있다.

　박 대표는 서울예술대학교를 졸업하여 음악, 그림책을 전공
한 친구 2명과 함께 사회적기업진흥원에서 지원하는 예비적
사회적 기업 육성 1기로 〈달나라에 사는 곰돌이〉를 창업했
었다.

　인생 시나리오, 그림책 만들기, 자기소개서 강사를 하면서
겪은 많은 경험들은 뜨거운 가슴을 품을 수 있는 발판이 돼
주었다. 인제대학교로 자리를 옮겨 학생들에게 취업 진로와
브랜딩 컨설팅을 하면서 본격적으로 자기만의 무대를 만들어
갈 수 있는 계기를 마련했다.

　10년간의 경험을 뒤로하고 결혼하면서 육아라는 장애가 그
녀의 발목을 잡았다. 하지만 우연히 친구의 소식을 접하고 경
력단절이라는 아쉬움을 극복하고 서울로 가 공부를 하기 시
작했다고 한다. 경력단절여성으로 살아가는 엄마들에게 자신
만의 퍼스널 브랜딩을 찾아주고 싶은 마음이 간질했다.

　이 시점부터 그녀는 생각하는 것을 실현에 옮기기 위해 공

간이 필요함을 자각했고 그 공간은 책방이라는 결론에 도달하게 됐다.

박 대표는 10년의 노하우를 살려 '책'을 매개로 인생 시나리오를 만들어가는 사람으로서 경력단절여성과 미래를 두려워하는 많은 사람들에게 책방을 통해 에너지를 불어넣어 주고 싶었다.

그 과정 속에서 가족을 대상으로 직접 인생 시나리오를 짜고 브랜드 컨설팅을 했다는 사실이 솔깃하게 들려왔다.

그녀의 어머니는 목사였는데 어려움에 직면했을 때 박 대표의 상담으로 자연과 꽃을 사랑하고 마음이 따뜻한 성품에 맞는 꽃차 소믈리에를 소개받아 제2의 인생을 열 수 있었다고 한다.

'꽃다운 복화씨'라는 브랜딩을 가진 어머니의 꽃차는 향기로움이 가득 풍겼다.

정년퇴직한 아버지는 현재 제과제빵 일을 배우고 있고 남동생은 바리스타가 됐다. 그들의 이야기는 책방의 한 페이지를 담으며 꿈의 공간으로 움직이고 있었다. 가족이 서로의 독특한 콘셉트로 열어가는 공간이라 더 특별해 보였다.

<달빛책방>은 "내가 가는 길 누군가 비추어준다면 그 길이

책과 사람,
삶이 머문 공간

빛나는 이야기가 되고 책이 되는 곳"이다.

　아이가 뛰놀고 싶은 넓은 놀이터와 물이 흐르는 낭만적인 곳을 찾아 여러 지역을 다니면서 알아보았는데 때마침 김해 불암동의 서낙동강 변에서 달카페를 운영하는 사장의 책방 이야기와 박 대표의 생각이 일치하면서 좋은 콘텐츠를 낼 수 있었다.

　〈달빛책방〉은 북 카페로 책을 읽을 수 있는 공간과 차를 마실 수 있고 다양한 달빛 아카데미가 열리는 복합문화공간 으로 운영되고 있다.
　1·2층으로 이루어진 책방은 책과 사람의 마음이 닮아있었 다. 1층은 고급스러운 장식들이 어우러져 서가와 카페의 분위 기에 몰입하게 하는 끌림이 있었다.
　서가에는 주로 엄마들의 꿈을 응원하는 책이 많았고 신간 이나 베스트셀러보다는 사회 명사의 책이나 자기계발서, 에세 이, 치유 관련 서적들이 담겼다.
　박 대표는 "답답한 마음의 길을 위로하고 보듬어주는 멘토" 로 책을 선정해 주고 책 이야기를 자연스럽게 곁들인다.
　박 대표의 경험을 살려 책을 매개로 진로 처방을 도와주는 특별함은 그녀에게 빠지지 않을 수 없게 만든다. 책 한 권 한 권 추천부터 깊은 상담까지 처방하고 있다.

2층은 강변이 내려다보이는 전망이 좋은 카페 같은 분위기에 손님이 기증한 중고책들이 있다. 한 벽면에 어느 농부의 시가 공간을 순수함으로 물들이며 오롯이 빛나고 있다.

자연을 옮겨놓은 듯 온통 녹색의 향기에 창살에 비친 따스한 햇살이 마음을 포근하게 했다.

특히 육아하는 엄마만을 위한 '엄마랑 아기 화장실'이라는 수유공간이 마련돼 있다.

기증한 중고책은 모두 1권당 1,000원에 판매하고 있다. 모든 수익금 1%는 아동생명을 살리는 〈원모어〉에 기부된다.

달빛 아카데미는 매달 다양한 프로그램을 진행하고 있다. 그중 매주 수요일 진행되는 '엄마독서 모임'은 부담 없이 책을 읽고 쉬면서 다양한 관점에서 책의 이야기를 살펴본다.

'독서 레시피' 수업은 분야가 비슷한 두 권의 책을 교차하면서 읽고 토론하는 모임이다.

이런 모임들에서 저마다 자신을 찾고 성숙해지며 성장해 가는 바탕을 기른다.

책과 사람,
삶이 머문 공간

박 대표에게 요즘 육아하는 엄마에게 권하고 싶은 책을 추천했다.

강은미, 김혜은, 홍미영이 쓴『공부하는 엄마들』이다. 이 책은 세 저자의 이야기와 함께 책 속에 등장하는 여러 주부의 자기계발에 대해 속 시원하게 고민해 보고 공감할 수 있는 책이다.

엄마가 육아 희생자가 아닌 주체적인 한 사람으로서 공부하고 자기를 사랑하는 방법을 이 책을 통해서 배우면 좋겠다고 추천 이유를 말했다.

박 대표는 "엄마나 청년들, 누구나가 크리에이터가 되어 여러 분야의 콘텐츠를 한곳으로 묶어 또 다른 창조를 실현시키고 알리는 것이 시대적 소명"이라 말했다.

문득 찾아든 〈달빛책방〉은 빛나는 나를 만들어주는 꿈을 비춰주는 거울이었다.

앞으로 그 공간이 어떻게 변할지 더욱 궁금해졌다.

아쉬운 마음을 아름다운 서낙동강 둘레길을 느릿느릿 걷다 보면 한 아름 담기는 가을 풍경이 달래준다. 숨은 감성을 돋아나게 한다.

가을은 성숙해지는 계절이다.

달빛책방
경남 김해시 식만로348번길 42

지(知)와 문화, 예술이 만나는 곳, <북 카페 지앤유>

책방은 단순히 책을 읽고 구입하는 공간에서 벗어나 다양한 삶의 소확행을 즐기고자 하는 곳으로 새로운 변신을 꾀하고 있다.

나는 경남의 책방을 시간 날 때마다 찾아보았다.

경남의 책방은 다른 지역보다 많지 않지만 책방 주인만의 취향과 정체성을 담아내어 책방을 방문한 손님을 풍성한 사유로 가득 메워주었다.

내가 찾아간 15개 책방들은 사연도 그 안의 생채기의 아픔도 다르고 철학도 달랐다.

오늘 찾아간 곳도 가을처럼 짙은 낙엽의 향이 오래 스며든다.

진주의 국립경상대학교 내 고문헌도서관 1층 별관에 〈북 카페 지앤유〉가 2018년 9월 17일에 오픈했다. 대학 내 시민과 학생들을 위한 복합분화공간이다. 전체 공간의 구성과 기획은 경상대학교 출판부 김종길 편집장이 맡았다.

탁 트인 공간에 창살에 비친 햇살이 북 카페를 달콤한 솜사탕처럼 부풀어 오르게 한다.

넓지 않지만 깔끔하게 공간 공간마다 에너지를 느낄 수 있게 꾸몄다. 뭉클게스트하우스 강선녀의 작품 '목마'는 북 카페를 아우르고 커피 향은 가을의 감성을 넌지시 몸속으로 스며들게 한다.

〈북 카페 지앤유〉의 특별함은 카페, 서점, 공연, 전시, 독서 모임, 사무 공간 등이 결합된 복합공간으로 이루어졌다는 점이다. 다양함이 공존하는 것이 장점이다. 작은 공연과 전시는 다시 미술관과 문화공연으로 연계되고 지역의 문화를 전파하는 기초적인 인터페이스 같은 곳이 〈북 카페 지앤유〉만이 가지고 있는 차별성이다.

출판부(부장 박현곤 미술교육과 교수)가 운영업체와 협의해 각종 강연회, 미술관·박물관 등과 연계한 작품 진시, 뮤지션 공연 등 다양한 문화 프로그램을 마련할 예정이라고 한다. 주민들에게는 삶의 질을 기대할 수 있어 좋은 소식이다.

카페, 서점, 공연장, 전시장, 독서 모임 장소로서 결합된 복합공간에서 벌어질 앞으로의 스토리가 궁금해졌다. 익숙한 것들이 때론 좋은 것이다. 그런 공간들이 삶을 여유롭고 행복한 일상으로 초대한다.

전국 60여 출판사에서 공급한 개성적이고 보석 같은 책들과 고가의 소장용 책들을 판매할 예정이라 시선을 끌기에 충분하다. 손이 자연스럽게 다양한 주제의 책장을 넘기고 그 공간에서 스며드는 철학을 사유하며 사유하는 이상을 비판하기도 한다.

빨간 벽돌로 꾸민 책방은 따스함이 공간을 채운다.

어떤 것들은 여성을 대면하고 또 어떤 것들은 시어들을 노래한다. 개성적인 주제들이 눈을 유혹했다. 책을 천천히 음미해 보았다. 가을이 내게 왔다.

북 큐레이션은 출판부 김종길 편집장이 맡아 책방 손님들에게 소개한다. 이곳 책들은 서점에서 흔히 볼 수 없는 대학 출판부, 지역 출판사, 1인 출판사, 독립 출판사에서 발간한 책들이 많다. 작은 공간에 어린이를 위한 색다른 주제의 그림책도 마련돼 있다.

특히 전국 60여 출판사에서 공급한 알토란 같은 책과 고가의 소장용 책을 판매할 예정이라고 한다. 오픈 기념으로 모든 도서를 10% 할인 판매한 행사를 진행 중이다.

카페는 대학생들로 가득 찼다. 젊음의 에너지가 카페를 지배한다.

친구들이 모여 토론을 하고 노트북으로 정보를 보거나 자기만의 학습에 몰두하는 모습들이 열기로 한층 뜨겁게 달아오른다.

창가에는 추색으로 변한 가을이 북 카페로 흘러들어 온다. 가을과 독서 그리고 북 카페의 이야기는 한편의 풍경화처럼 붉게 물들어 갔다.

카페 한구석에 마련된 LP판은 고전적 분위기를 자아낸다.

시민 책방도 조금씩 기증자가 늘고 있다. 중고의 가치도 필히 큰 힘을 발휘하는 것은 읽은 이의 사유가 겹겹이 쌓여 존재하기 때문이다.

기증에 참여한 시민은 북 카페의 커피, 책, 강연회 등을 10% 할인받으며 미팅 룸을 무료로 이용할 수 있도록 했다.

다양한 중고책들이 모여 손때 묻은 헌책들을 누군가 읽어보는 것은 또 다른 누군가와 소통으로 나아가는 실타래가 되리라 생각됐다. 시민 책방은 지역민이 만들어가는 공간이다.

〈북 카페 지앤유〉의 영업시간은 평일 오전 9시부터 오후 10시까지, 주말에도 운영한다.

〈북 카페 지앤유〉는 뭉클게스트하우스 강선녀의 작품이 북카페를 아우르고 덧붙이자면 '젊음'이 생존을 뿜어내는 공간이다.

〈북 카페 지앤유〉에 들어온 가을은 연인이 되어 닮아간다.

가을날 차 한 잔과 책 한 잔 그리고, 음악이 흐르는 문화공간에서 삶의 여유를 만끽해 보는 시간을 가져보면 어떨까?

메일로 오고 간 김종일 편집장과 인터뷰한 내용을 정리하였다.

1. 〈북 카페 지앤유〉를 연 계기가 있다면?
처음에는 대학 안에 문화공간이 부족한 것이 안타까웠습니다. 더군다나 지역민들이 대학을 찾아도 편안하게 차 한잔 나눌 공간도 여의치 않았습니다. 학생들과 교직원들뿐만 아니라 지역민들과 함께할 수 있는 공간이 필요할 것이라 여겼지요. 또한, 저희 출판부에서 책뿐만 아니라 지역민들과 다양한 콘텐츠를 함께하는 공간을 만들어야겠다는 생각도 있었고요.

책과 사람,
삶이 머문 공간

제가 개인적으로 여행 작가 활동도 하는데 우리나라와 여러 나라를 다니면서 서점과 문화 공간을 본 것도 한 계기가 되었던 것 같습니다. 문화가 살아 있고, 문화를 즐길 수 있는 지역의 공간을 대학 안에 만들어야겠다는 생각이 점차 현실화된 거죠.

2. <북 카페 지앤유>를 계획하면서 어려웠던 점이나 추진하는 과정들을 알려주세요.

<북 카페 지앤유>는 사실 복합문화공간으로 기획되었습니다. 2017년 4월에 진행하기로 결정하고 7월에 설계를 완성해서 9월부터 외부 공사에 들어갔습니다. 2017년 12월에 기본공사를 마친 후 2018년 1월부터 준비를 해서 3월에 운영업체를 모집하게 되었습니다. 그러다 8월에 지금의 업체가 최종 선정되어 9월에 오픈하게 되었습니다.

운영업체 선정 등이 힘들었지요. 단순히 커피 등 음료를 판매하는 것이 아니라 문화 공간이 되어야 하니까 운영업체의 문화 마인드가 중요한 부분이었습니다. 문화 프로그램은 저희가 운영한다고 할지라도 공간의 활용 등 운영업체에서 적극적으로 협조하지 않으면 힘든 부분이 많으니까요.

3. 북 카페는 언제 열었고 첫 손님들의 반응은?

북 카페는 지난 9월 17일에 오픈했습니다. 첫날부터 많은 분들이 찾아와서 빈자리가 없었을 정도였습니다. '지앤유'라는 이름은 우리 대학교의 영문 이름이기도 하지만 출판부의 교양 도서 브랜드이기도 합니다. '지식과 당신'이라는 의미이지요.

4. 카페의 5가지 공간에 설명해 주세요. 편집장만의 특별한 공간이 있다면?

원래 복합문화공간으로 기획했기 때문에 카페 공간, 서점 공간, 전시 공간, 미팅 공간, 무대 공간 등으로 구성되어 있습니다. 서점 공간에서는 지역도서, 지식도서, 1인출판, 독립출판 등의 책을 구성해서 판매를 하고 있고요. 전시 공간은 박물관과 바로 앞에 있는 국제문화회관과 연계해서 전시를 할 예정이고, 미팅 공간은 독서 모임 등 다양한 모임을 여는 공간입니다. 무대에서는 강연과 공연 등 문화 프로그램이 진행될 예정이고요. 제가 좋아하는 공간은 책방 공간입니다. 매일 책을 큐레이션하는 기쁨도 있고요. 아, LP를 갖다 놓았는데요. 거기선 클래식, 팝, 재즈, 대중가요 등 음악 관련 음반과 책을 판매할 계획이랍니다.

5. 책은 어떻게 선정하여 구입하고 있는지요?

서점인 '지앤유 책방'에는 2,000여 권의 책이 있습니다. 규모는 작지만 제가 직접 큐레이션해서 가치 있는 책들을 시민들에게 소개할 생각입니다. 책은 1주일마다 큐레이션해서 늘 구성에 변화를 주고 있습니다. 신간 도서와 추천 도서뿐만 아니라 주제별 큐레이션으로 작지만 옹골찬 서가를 구성할 예정입니다. 앞으로는 페이스북 등을 통해 지앤유 책방에서만 구입할 수 있는 책, 소장 가치가 높은 책들을 직접 소개할 예정입니다.

6. 손님에게 책을 처방하거나 상담하는 방법이 있다면?

제가 출판부 편집장도 하고 있어 아직 거기까진 여력이 없습니다. 다만, 색다르고 다변화된 큐레이션으로 독자들이 선택할 수 있는 폭을 넓힐 생각입니다.

7. 독서 모임이나 독서 프로그램이 있다면 소개해 주세요. 그리고 시민 책방, 책 교환소는 어떻게 운영되는지요?

독서 모임이나 독서 프로그램은 아직 계획이 없습니다. 다만 미팅 룸 안에 시민 책방을 꾸몄습니다. 시민 책방은 말 그대로 집에 묵혀있는 책을 지역민들과 함께 공유하는 것입니다. 작게는 5권에서 많게는 50권까지 사람들과 함께 이야기하고 싶은 책들을 기증하는 것이지요. 저희는 기증하신 분들에게 예쁜 명패와 각종 할인 혜택을 드릴 거고요. 전체 50여 명 정도로 계획하고 있는데, 이번 1차는 많은 분들이 호응해서 마감을 했습니다. 이후에도 관심 있는 분들의 책 기증은 계속 받을 예정입니다. 5년 동안 전체 2,000권 정도를 목표로 하고 있습니다.

책과 사람,
삶이 머문 공간

한 번에 시민 책방을 채울 생각은 없습니다. 매년 조금씩 새로운 책들이 들어오기를 원하는 거죠. 책 교환소는 계획 중에 있습니다. 내년 봄쯤에 시작할 생각입니다.

8. <북 카페 지앤유>를 열면서 지금까지 독특한 사연이나 에피소드가 있으면 알려주세요.

지역민들이 많이 찾아옵니다. 특히 주말에 박물관에 왔다가 아이들과 함께 오는 부모님들이 인상적이더군요. 책방에 기증을 하신 분들도 그렇고요. 어떤 분은 지앤유 책방에 있는 책들이 시중 서점에는 없다며, 매번 오실 때마다 대여섯 권씩 사 가시는 분들도 있습니다. 또 어떤 분들은 클래식 음악을 들을 수 있으면 좋겠다고도 하시고요. 사실 클래식 등 음악 강의를 지금 계획하고 있답니다.

9. 요즘의 젊은이들에게 권하는 싶은 책 1권과 이유에 대해?

어떤 특정한 책 한 권을 추천한다는 것은 참으로 힘든 일이면서도 썩 바람직한 독서 형태는 아니라고 봅니다. 책을 읽을 때 주의해야 할 것이 편식과 관념이라고 생각합니다. 음식을 고르게 먹어야 하듯 책도 다양하게 읽는 것이 정신 건강에 좋겠지요. 그리고 독서라는 게 문자를 읽고 생각에 그치는 것이 아니라 현실에 관여하고 행동으로 옮겼을 때 의미 있는 독서가 되겠지요. 역설적이게도 책을 많이 읽는 사람들이 독서 모임을 하는데요. 제가 보기에 그런 분들은 독서 모임을 할 게 아니라 오히려 여행을 많이 다니는 게 좋다고 생각합니다.

10. 지앤유와 편집장님께서 앞으로 계획이나 이루고 싶은 것은?

북 카페 문화프로그램을 잘 준비해서 지역민들에게 유익한 공간을 잘 꾸려갈 생각입니다. 한 번의 감동으로 끝나는 강의가 아니라 우리의 라이프스타일을 바꿀 수 있는 프로그램을 고민 중입니다. 지역과 함께하는 대학, 지역민이 자주 찾는 <북 카페 지앤유>가 되었으면 합니다.

그리움 속에 그린 삶의 위로 같은 세계, 동네 책방 <숲으로 된 성벽>

책방에 대한 아련한 기억들이 하나둘씩 피어오르는 새벽시간에 나는 오늘도 그리움을 마신다. 책들이 머무는 공간으로 향하는 여행, 아직도 삶이 담긴 책방의 사연들이 궁금하다.

단단한 삶들이 엮어낸 책들의 공간은 하나의 우주다. 작고 아름다운 동네 책방은 삶에 심심한 위로를 주기에 충분한 곳이다.

팍팍한 현실이지만 누군가에게 아늑하고 포근한 위로가 되어주는 공간, 그 속에 한 장 한 장 넘길 때마다 가슴을 파고드는 책이 있고 나와 이야기해 주는 따뜻한 사람이 있다면 이 또한 천국이겠다.

오늘도 그런 공간을 찾아 나섰다.

김해 장유 율하 카페거리에는 최근 들어 차 한잔 마실 수 있는 공간을 넘어 이색적인 체험을 할 수 있는 독특한 카페들

책과 사람,
삶이 머문 공간

숲으로 된 성벽 - 숲으로 된 성에는 어떤 세계가 기대고 있는지 발길을 닿게 한다.

이 들어섰다.

율하천 따라 흐르는 카페 사이에 동네 책방 한 곳이 불을 밝히고 있었다. 추위가 기승을 부리는 저녁시간에 따뜻한 온기가 있는 책방으로 발길을 인도했다.

책방 입구 안내 표지판에 적힌 소설가 김연수가 책『우리가 보낸 순간-시』(마음산책)의 첫 장에 써넣은 말을 곱씹어 봤다. 오고 가는 이들에게 잠깐의 위로를 준다.

시를 읽는 즐거움은
오로지 무용하다는 것에서 비롯한다.
하루 중 얼마간을 그런 시간으로 할애하면
내 인생은 약간 고귀해진다.

'가장 무용(無用) 한 시간'…… 쓸모를 따지지 않는 무용함의 시간, 고귀함에 의미를 더한다.
창가의 글귀들도 와닿는다. 사유한다.

"우리는 혼자가 아니라는 것을 알기 위해 책을 읽는다."

- C.S. 루이스 -

"인간은 섬이 아니다. 한 권의 책은 하나의 세상이다."

- 개브리얼 제빈, 섬에 있는 서점 중에서 -

책방 이름처럼 상상의 세계를 인도하는 〈숲으로 된 성벽〉으로 향한다. 순수한 문학으로 공간을 꾸몄다. 크지 않은 공간에 밝고 단단한 구성이 책방 주인장의 성품을 여과 없이 드러낸다.
시적 느낌이 물씬 풍기는 시집과 시들 곳곳에 부부의 인생

책과 사람,
삶이 머문 공간

이야기가 고스란히 스며들었다.

　손님들의 배려를 위해 한 글자 한 글자 정성을 곁들인 책 꼬리표와 오늘의 시를 분필로 적은칠판은 섬세함이 묻어났다.

　식탁 위에 책이 한 아름 놓인 곳을 보니 마음의 양식을 표현한 듯 이색적이다.

　3,000여 권의 책장에는 부부가 좋아하는 문학을 중심에 두고자 시집과 소설류를 정면으로 배치했다. 어린이가 좋아하는 그림책과 동화책들은 창가에 두었다.

　오직 책만 파는 책방이다.

　2018년 12월 1일에 오픈하여 이제 막 한 달이 지난 책방은 밝은 불빛처럼 빛났다. 장덕권(53) 씨가 책방을 전반적으로 운영하고 아내는 직장에서 퇴근 후 도와주고 있었다.

　책을 좋아하는 부부의 일상은 책으로 시작하여 책으로 끝나는 하루일 것이다. 부부는 5년 뒤에 이 일을 해보고자 계획을 세워 놓았다. 하지만, 예상 밖에 조금 일찍 책방을 열게 되었다.

　장 씨가 25년간 영업직으로 일하다 은퇴를 하게 되었고 불경기의 여파로 고민 끝에 앞당긴 것이다.

　책을 통해 위로받고 마음을 보듬어주는 그런 책방을 꿈꾸고자 부부는 전국의 많은 책방을 찾아 벤치마킹했다. 그중에서 5월 서점연합회에서 열린 서점학교에서 이용주 대표(우분투 북스)를 만나 조언을 구하고 많은 도움을 받았다.

그리고 돌아와 그들만의 책방을 만들기 위해 백방으로 뛰었다. 공사가 끝나고 책 속에 파묻혀 책만 읽고 싶은 공간이 생겨 좋았다. 아내의 손때가 묻은 공간이 많았다. 칠판에는 아내가 좋아하는 시로 가득 채웠고 책장은 시집으로 꾸몄다.

아내가 좋은 것들을 만들어주었다.

문학과 지성사에서 출판한 시집의 표지를 빌린 출입문은 세련됐고 동화 속의 숲속으로 들어가는 입구 같았다. 책방에 스며든 창밖의 풍경에서 느껴지는 여운에 누구나 시인이 된다.

26년간 김해에 살면서 이곳을 지날 때마다 매료됐다고 했다. 율하천과 용지봉으로 이어지는 산들의 느낌이 좋았고 분위기에 이끌리기엔 충분해 공간을 열었다.

장덕권 책방지기는 아직은 매출이 적지만 들어오는 손님들의 반응에 기분이 좋다고 한다.

처음에는 커피 마시는 가게인 줄 알고 들어오지만 막상 책만을 위한 공간이 우리 동네에 있다는 것에 만족하는 표정들이 많았다.

이곳을 찾은 한 손님은 "학습지, 참고서나 문제집이 아닌 순수 문학서적을 파는 책방에 마음이 들고 아늑한 공간에서 오랫동안 읽고 싶은 마음이 생겨 좋았다."라고 한다.

책방의 이름은 기형도의 시 '숲으로 된 성벽'을 모티브로 잡았다.

창문 틀에 걸린 그의 시를 읽어 보았다.

'숲으로 된 성'은 그 성을 상상해 낼 수 있는 마음을 지닌 자들의 것임을 말해준다. 시인도 그 성에 살고 싶은 마음이 담겨 있다.

주인의 아내는 20대에 이 시를 좋아했다. 이런 공간의 그리움 속에 숲으로 된 성이 책방이면 좋겠다는 생각과 늘 공간을 꿈꾸고 꾸미고 싶다는 마음을 품고 살았다.

책의 선정 기준은 아내가 주로 맡았다. 책 모임에서 읽은 책이나 좋은 책들을 선별하여 목록을 짜고 읽은 책 중 좋은 구절은 책 꼬리표를 만들어두었다.

책방 한편에 마련된 책 모임 공간엔 읽은 시집과 책이 꽂혀 있고 커피 향이 익어가는 달달함이 가득 차 있다.

책방을 열고 이 공간에서 첫 독서 모임도 가졌다. 가칭 '숲성 독서회'로 다양한 연령층의 4명이 모였다. 작은 인원이지만 오랜 만난 사람처럼 책의 매개로 다양한 생각들이 전해졌다.

작은 탁자에 대청고 독서토론 동아리가 쓴 '미서림(美書林)'은 학생들이 좋은 책들을 천천히, 깊게 읽고 탐구한 기록을 담은 책이다. 순수 지역 학생의 작품이라 의미가 깊다.

몇 권의 책을 추천받았다.

삶의 깊은 질문을 던지는 시집이나 단편소설이 매력이 있다고 했다. 추천 책으로 황정은의 『百의 그림자』를 소개한다. 이 책은 사회적 약자들은 개인과 사회를 향한 침묵할 수 없다는 묵직한 질문을 던진다.

세계의 무참한 폭력 속에서 소리 없이 사라지는 이들의 내력을 녹여내었다. 환상과 현실이 기묘하게 어우러진 독특하고 아름다운 시적 사랑, 개발과 가난이라는 어려움 속에서도 삶을 비관하지 않는 마음이 남아있다.

또 하나는 인류학자 김현경이 쓴 『사람, 장소, 환대』라는 책이다.

사람됨이란 무엇일까. 태어나면 저절로 갖춰지는 걸까. 인류학자인 저자가 사람이 된다는 것은 무엇인지, 사회는 무엇인지 묻는 거대한 질문을 세세하게 풀어내어 사회를 유기체나

벌집 같은 구조 대신 사람들 사이의 상호작용을 통해 펼쳐지고 일렁이는 공간으로 바라보는 시선을 풀어냈다.

장덕권 책방지기는 "매월 독서 모임과 분기별 작가 강연, 심야 책방을 열어 밤새워 책을 읽고 싶다면서 시를 좋아하는 아내를 위해 시 낭독회도 열어갈 것"이라 밝혔다.

한편 '타로로 알아보는 2019년 나의 12달'이라는 주제로 수강생을 모집하고 있었다. 따뜻한 겨울밤을 보내고 싶다면 동네책방 〈숲으로 된 성벽〉에서 삶의 위로와 책과 사람, 공간이 주는 상상의 세계로 가보자. 그곳의 하루는 의미가 있다.

숲으로 된 성벽
김해시 덕정로 204번길 6(관동동 475-9)

힐링의 시간, 〈장미와 어린왕자 무인 북 카페〉

운곡저수지에서 바라본 북 카페는 천주산 아래 한적한 곳에 있어 낯선 이의 시신을 머물게 한다. 거울의 문덕에서 가끔 음악이 흐르는 조용한 카페에 앉아 책을 보면 힐링을 즐기고 싶은 생각이 든다.

주말을 맞아 독특한 무인 북 카페가 있는 함안군 칠원읍 운곡리로 향했다. 조용한 시골길은 언제나 정겹다. 도시보다 시골의 경치는 아름답기 그지없다.

꼬불꼬불한 길을 돌아 운곡저수지 끝 한적한 곳에 카페가 희미하게 보였다. 저수지에 부는 겨울바람은 세차다. 천주산과 마주하고 있는 저수지는 유유히 덧없이 흐른다.

처음 이곳에 도착했을 때 다른 카페와 별다른 특별함은 없었다. 하지만 왠지 조용하여 소박함이 갈증을 불러일으켰다.

카페 안으로 들어서니 친근한 공간과 조명이 따뜻함을 주었다. 처음 눈에 띄는 것은 "입장료 5,000원, 커피와 과자는 마음껏 드시고 가세요!"라는 문구다. 글귀대로 국산차와 커피, 간식이 무한정 이용이 가능하다. 단, 다음 손님을 위해 주방을 깨끗하게 해놓아야 한다.

아늑한 공간은 아기자기하게 꾸며져 있다. 주인장의 삶이 묻어나는 곳이라 더욱 애착을 가지고 만들지 않았을까 하는 생각이 든다. 공간 안에 손님을 생각하는 주인장의 배려가 스며들어 있다. 아기자기한 분위기를 자아내며 여유로움의 시간들을 보듬어준다.

2017년 3월에 문을 연 무인 북 카페는 배정한 주인장의 작품이다. 그는 한 회사의 대표로, 여유가 있을 때 이곳에 머물면서 정원을 가꾸며 나그네가 쉴 수 있는 공간을 그려가고 있다.

특히 배 주인장은 장미와 꽃을 좋아해 오로지 꽃만 바라보면 마음이 즐겁다고 한다. 무인 북 카페 외에도 이곳은 계절마다 아름답게 피는 꽃과 어울려 5월의 장미축제, 10월의 웨딩 결혼식, 음악회가 열려 전국으로 입소문이 퍼져나갈 정도다. 전국에서 인기가 있을 정도로 많은 사람들이 반했다. 5월 마지막 주에 치러지는 장미축제는 인산인해를 이룬다.

책은 배 주인장이 좋아하는 문학과 시가 대부분 차지했고 손님이 기증한 책도 있다. 어린이를 위한 어린이 책도 서가에 비치돼 있다.

창밖의 햇살과 함께 여유로움을 느끼게 하는 책 읽는 풍경은 이곳의 일상의 특권이다.

이곳에 온 한 손님은 "시내에는 소음이 많지만 이곳은 한적하여 몇 시간씩 마음껏 책을 읽을 수 있고 차와 간식이 무한 리필되고 힐링과 마음의 여유는 딤으로 주니 편하게 쉴 수 있는 공간이다."라고 말했다.

배 주인장은 손님에게 "늘 긍정적인 마인드를 가져라"라고 이야기한다. 무인 북 카페에 들어온 수익금은 어려운 이웃을 도와주는 데 쓸 생각을 가지고 있다고 했다. 그런 주인장의 마음이 북 카페 곳곳에 묻어있어 손님이 편하게 시간을 보내는 곳이라 여운이 남는다고 할 수 있다. 북 카페 안에 은은함이 곳곳에 묻어난다.

카페를 나오면 산책하는 곳마다 주인장의 성품이 나타난다. 공중 전화박스부터 아기자기한 우체통, 장독대에도 추억을 살렸다.

운곡저수지를 바라보면 시 한 편 쓸 정도로 편안한 쉼터가 보인다. 언덕 위의 아담한 정자는 주인장이 가장 자랑하는 공간이다. 참 좋은 편백나무로 둘러싸인 그곳은 차와 책 그리고 사람의 정이 따뜻하게 녹아있다.

옛날 물건들을 살아 숨 쉬게 하는 장미정원 쉼터는 주인장의 솜씨가 제법 세련됐다. 음악회와 축제, 웨딩, 연주회 등 즐길 거리가 항상 준비돼 있어 한적한 곳은 늘 풍성함으로 넘친다.

계절마다 사뭇 다른 느낌으로 다가오는 무인 북 카페와 장미공원에서 잠시나마 힐링의 시간을 가져보면 어떨까?

166

백석 시인이 머문 <백석이 지나간 작은책방>

마산 창동예술촌에서 지나 상남동 6호 광장 오거리 오동파출소에서 50m쯤 떨어진 곳에 있는 '백석이 지나간 작은책방'에 들렀다.

책방 이름만 들어도 궁금하고 가고 싶은 끌림이 있다. 책방 앞, 마산 길 약도와 함께 허정도 건축사가 밝힌 백석에 관한 신문기사가 먼저 반긴다.

아주 작은 책방이 아담하면서 포근하고 진열된 시집이 마음을 보듬는다. 그림책과 함께 주인장이 심혈을 기울여 선정한 듯한 책들이 따뜻한 느낌을 품는다. 백석 시인의 시집과 함께 스토리가 있는 책방으로 꾸몄다.

봄의 햇살처럼 밖으로 통하는 창에서 사람들의 눈길이 호기심으로 가득했다. 인테리어로 한 작은 장난감마저 귀엽다. 부부가 함께 책방과 커피를 운영하며 공간을 채운다.

2018년 10월 17일에 문을 연 책방은 인상 좋은 부부가 경영하고 있다. 신태균 북 큐레이터는 부산에서 마산으로 내려온 지 6년 정도가 됐다.

물려받은 어린이집은 힘들고 벅찼다. 독립적으로 하고 싶은 일이 무엇인지 고민했었다. 김난도의 『트렌드 코리아 2018』 책을 읽고 독립서점에 관심이 생겼다.

여러 책방을 돌아보고 집 근처에 백석 공간을 열었다. 주변의 반응은 어두웠다. "요즘, 책 보는 사람이 없습니다."라는 말을 증명이라도 하듯 책보다 커피 마시는 손님이 많았다.

백석 시인에 대해 관심을 가진 것은 오래됐다. 안도현의 『백석 평전』을 보고 그의 매력에 빠져들었다. 『나와 나타샤와 흰당나귀』 중 "산골로 가는 것은 세상한테 지는 것이 아니다 세상 같은 건 더러워 버리는 것이다."의 싯구가 내 마음을 울리고 강렬하게 꽂혔다고 했다.

시인 백석이 1936년(당시 24세) 자신이 흠모했던 통영 여인 '란(당시 19세의 박경련을 지칭)'을 만나기 위해 통영 가는 길에 들렀다는 마산의 역사적인 장소에 서점을 세우고자 했다.

그래서, 책방 이름도 마산에 들린 백석의 자취를 스며보고자 지었다.

책과 사람,
삶이 머문 공간

신 북 큐레이터는 "마산문학관과의 연계 프로그램을 통한 독자와의 만남과 더불어 책방의 색깔을 분명하게 드러낼 수 있는 주제, 이슈 등을 전문적으로 운영하는 방향으로 채워갈 것이며 백석과 관련된 다양한 책과 테마를 엮어가는 데 노력해 나아갈 것"이라고 밝혔다.

작은책방의 따뜻한 공간이 창밖의 풍경과 시집, 사람과의 조화로운 일상이 행복하게 묻어난다.

백석 시인이 지나간 자리에서 봄은 그렇게 따뜻한 오후의 햇살처럼 깊게 호흡한다.

책방은 단순히 책을 구입하고 커피를 마시는 곳 외에 문화를 이해하고 나의 삶을 오롯이 들여다보는 공간이기도 하다.

차 한잔의 여유로 백석을 그린다.

백석이 지나간 작은책방
창원시 마산합포구 천하장사로 109

책과 사람이 만나 삶을 가꾸는 동네 서점, <인문책방 생의 한가운데>

비가 갠 오후 소박한 초롱꽃, 연분홍빛으로 물든 수국이 피어나는 인문 책방 '생의 한가운데'를 들렀다.

박태남 대표가 운영했던 인문 공부와 책 모임의 문화공간이 책과 사람이 만나 삶을 가꾸는 동네 서점으로 바꿨다. 4년의 동서양 고전 강독, 달달 인문학 등 여러 인문 공부가 이어지고 더 깊게 뿌리내리고자 고민 끝에 단단한 우애와 연대로 새로

인문 책방 생의 한가운데 - 홀로 책을 읽으며 사유하여 나의 반성과 성숙의 시간을 보내는 방

책과 사람,
삶이 머문 공간

운 공간으로 새 옷을 입혔다. 심혈을 기울였다.

운영의 어려웠던 시간을 견뎌오면서 박 대표는 '부지불온(不知不慍)'의 마음을 담아냈다.

'남들이 나를 알아주지 않더라도 성내지 않으니 진정 군자의 모습이 아니던가 (人不知不慍이니 不亦君子乎아)?'라는 구절에서 박 대표는 꿋꿋하게 걸어가겠다는 신념이 자리 잡고 있었다.

입구에는 돌베개 출판사에서 후원한 고 노무현 대통령의 책과 사진이 전시돼 있고 박 대표가 마을공동체 관련 책을 놓아 그 의미를 더 가치 있게 빛냈다.

종이약국은 고민이나 아픔을 써 우체통에 넣으면 약이 될 책으로 처방해 주는 서비스도 인상 깊다.

또한, 청소년들을 위한 호기심의 눈으로 포장한 비밀 책도 눈길을 사로잡았다. 골목 독서회 6월의 독서토론 책『로컬의 미래』, 심야 책방『니체의 위험한 책, 차라투스트라는 이렇게 말했다』몇 권의 책이 벌써 그 모임의 이야기가 궁금해지는 공간이다.

책방에는 4개의 독특한 방들이 기다리고 있다.

홀로 독시하고 사유하는 방, 예술의 방, 독서토론방, 심리치료를 위한 상담극장 방으로 꾸몄다. 4곳의 방은 하나같이 인문 책방의 의미를 더했다.

인문 공간의 특징처럼 많은 사람들의 손길과 흔적이 묻어있는 공간이라 더 눈길이 오래간다.

책방은 박 대표가 읽은 또는 읽고 읽는 책을 꽂아놓은 서재, 인문서적과 시집, 독서 모임에서 읽는 책, 중고 책등으로 구성해 놓았다. 그림책과 어린이 책은 꾸준히 들어놓을 생각이다.

서가에 비치하는 책보다는 책방에 오는 손님들은 자기만의 색깔, 취향이 있어 스스로 어떤 책을 원하는지 상담 후 주문하는 방식으로 진행된다.

앞으로 골목독서회, 인제대 독서 모임의 책 목록과 우리 지역 유명 인사들이 읽거나 추천하는 책으로 과거와 현재를 잘 담아놓은 시루 같은 책들로 구성하겠다고 한다.

많은 인연들 중 진주문고의 여태훈 대표와 산청의 작은 책방 '까치밥'은 지금의 책방을 꾸려가는 데 도움을 주었다. 지난 3월 한 달 동안 여러 책방을 탐방했고 생각을 정리하고 실행에 옮길 수 있었다고 한다.

박 대표는 지금의 책방으로 기존의 틀안에 갇혀있는 것들을 하나하나 풀어내고 있다. 심야책방, 인물로 읽는 우리나라 근현대사 역사기획 프로그램은 새로운 활력소가 되었다.

책과 사람,
삶이 머문 공간

신영복의 『담론』의 한 구절을 인용하면서 "한 알의 씨앗은 새싹이 되고 나무가 되고 숲이 되는 장구한 여정으로 열려있는 것"이라면 인문 공부도 그런 선순환의 여정으로 이겨나아갈 것이라고 했다.

박 대표는 책방 운영에 대한 고민이 많았다.

"경제적인 독립 문제와 책방이 지역과의 만남을 잘 담아내어 시너지효과를 내고, 공부 공동체를 만들어 배우고 풀어내고 순환시키고 나눌 수 있는 구조로 녹아내려 우애와 연대가 있는 인문적 삶을 넓혀가는 정신을 만들어가는데 노력할 것이라고" 밝혔다.

박 대표가 지은 〈동네 서점〉이라는 시의 구절을 천천히 읽어 보았다.

동네 서점

할인도 안 되고 며칠을 기다렸다가
책을 찾으러 오는 사람들
그들에게는 특이점이 있다

독립군의 마음을 갖고

지역서점에 가지 않는 이상

동네 서점은 살아남기 어렵다

연지공원의 사계절이 아름다운 것은

튤립과 벚꽃이 만개할 때

낮은 구름에 하늘거리는 풀들과

키작은 민들네가 함께 피어나기 때문이다

동네 책방에서 책을 사는 일은

내 삶의 풍경을 바꾸는 일이다

마땅히 있어야 할

민들레, 부들, 냉이꽃을

지키는 일이다

인문책방 생의 한가운데
김해시 내동 금관대로 1365번 길

경남의
이색 도서관

1. 창원에서 만난
도서관 이야기

호수와 책이 어울려지는 곳, <용지호수 어울림도서관>

요즘, 따스한 햇살이 가을을 그린다.

가을에 딱 어울리는 독서의 계절이 돌아왔다. 읽고 싶지만 여유가 되지 않는 분들을 위해 창원시에서는 공원마다 <한뼘도서관>이나 동네 <작은도서관>을 마련해 독서를 할 수 있는 좋은 환경을 내어주고 있다.

<한뼘도서관>은 '한 뼘의 소통 공간, 용지 작은도서관 사업'이라는 슬로건 아래 으뜸마을 만들기 공모사업에 선정됐다.

용지호수 어울림도서관 - 도서관이 호수와 어우러져 이채로운 풍경을 자아낸다.

지역 주민으로부터 기증받은 도서를 비치해 운영하고 있어 자연적으로 문화시민으로 성숙하는 데 토대가 마련될 것으로 기대한다.

지난 9월 28일(목)에 창원의 대표 공원인 용지호수공원 안 〈어울림도서관〉이 개관돼 찾아가 보았다.

멀리서 보면 카페 같은 분위기를 연출해 착각하지만 자세히 보면 도서관 이름과 투명한 창가에 비치는 책들을 볼 수 있다.

〈용지호수 어울림도서관〉이라 칭하며 호수를 바라보며 책 읽는 풍경에 여유로움이 묻어났다.

현대 BNG 스틸(주)이 지역주민의 복지 향상을 위하여 건립

기부한 시설로 사회 공헌사업으로 창원시에 지정 기탁해 지어졌다. 컨테이너 박스 형태의 41㎡ 규모로 넓지는 않지만 안은 포근했고, 1,331권의 아동도서, 문학, 교양, 철학 등 다양한 책들과 책 읽는 공간도 마련되어 있다.

1인당 3권까지 대출도 가능하며, 1회 대출 기간은 2주다. 대출 방법은 회원 카드 또는 창원시 도서관 애플리케이션을 이용하면 된다. 타관 반납도 가능해 어울림도서관뿐 아니라 창원시 공공도서관에 반납할 수도 있다. 상시 직원이 있어 안내받으면 된다.

투명한 유리창에 비친 호수와 숲속, 가을이 어우러져 자연 속의 도서관이라 할 만큼 이채롭다. 〈어울림도서관〉은 여유로움, 위안, 풍경, 쉼이 있는 작지만 특별함이 부여된 공간이다.

창가에 앉은 아이들이 책 읽기에 열중하는 모습을 보면 절로 미소가 지어진다. 공원에 그려진 야외 도서관은 색다른 이야기로 가득 찰 것이다.

가족, 연인, 친구와 함께 호수를 바라보며 독서할 수 있는 점은 용지호수 어울림도서관의 매력 포인트이다.

용지호수공원에는 중간중간 한뼘도서관이 있어 여기저기 쉼터에서 책 읽기가 좋다.

책과 사람,
삶이 머문 공간

시원한 그늘 아래 한 권의 책이 가져다주는 가치는 살아가는 동안 큰 의미를 줄 수 있지 않을까. 가끔 쉬어가는 공원에서 책 속 힐링을 즐겨보는 것도 나쁘지 않을 것 같다.

용지호수공원 속 작은 〈어울림도서관〉, 여유와 행복이 느껴지는 공원에서 호수와 나무 그리고 자연과 함께 책 한 권의 여유를 담아보면 좋을 듯싶다.

작지만 특별한 이곳에서 자연을 벗 삼아 독서를 해보는 건 어떨까?

용지호수 어울림도서관
창원시 의창구 용지동 492번지

봉암저수지 둘레길에 생긴 〈숲속도서관〉

자연과 동화되어 책 읽는 여유 시간을 보내는 곳

본격적인 더위가 시작된다는 '소서'에 봉암저수지 둘레길을 둘러보았다.

숲속도서관 - 자연과 동화되어 책 속으로 스며든 특별함은 숲속도서관만 누릴 수 있다.

둘레길은 왕복 4.5㎞ 정도다. 산과 호수, 숲속에서 빚어낸 아름다운 풍경들이 있어 혼자 걸어도 외롭지가 않다.

태풍이 지나간 후 7월의 햇살처럼 온통 푸르름에 발걸음이 가볍다. 짙은 녹음을 가득 뿜는 숲의 향기로움이 시적 감수성을 자극했다.

봉암저수지는 일제강점기 때 식수를 공급하기 위해 조성되었고 2005년 9월에 문화재로 지정됐다. 지금은 상수도가 들어오면서 식수 공급은 중단되었고 둘레길로 전국에 알려져 있다.

도시에서 벗어난 숲은 상쾌하다. 느릿느릿 초록의 물결을 들여다보았다. 원추리가 방긋 미소를 짓고 냇물 소리가 귓가에서 시원하게 퍼졌다.

자연의 소리를 그저 주워 담지 못함에 아쉬울 따름이다. 둘레길에서 만난 자연은 작지만 끌림을 주는 행복한 '소확행'이다.

둘레길을 걷다 보면 시 표지판이 있는데 자연을 표현하고 있다. 시는 자연의 섭리를 배우기에 자연스럽다. 자연이 준 선물은 그 무엇과 바꿀 수 없는 힘이라는 것을 온몸으로 느낀다.

가로수길을 벗어나 수원지 제방에 다다르면 폭포수와 함께 잠시 쉬어갈 수 있는 정자와 세족장이 있다. 시원한 폭포수 아래 잠시 마음의 명상으로 힐링을 즐긴다.

봉암수원지 폐수문은 오랫동안 방치된 흔적들이 안타까움으로 남는다. 제방을 오르면 봉암수원지가 탁 트인 시야가 광활하게 펼쳐졌다. 인자함으로 품은 호수는 마음이 절로 평온해진다.

호수가 빚어내는 아름다운 풍경이 사시사철 뽐낸다.

봉암저수지 둘레길는 물가 사이를 걸으면서 자연을 가까이에서 호흡할 수 있어 아름다운 정취를 마음껏 마시는 데 묘미가 있다.

나그네가 쉬어가는 편백숲을 지나자 아기자기한 돌탑이 정성스럽게 올려져 있다. 정자 중 하나인 2층 전망대 봉수정은 호수 위를 떠다니는 느낌이다.

봉수정과 나무다리인 월명교를 지나면 웰빙 광장인 '너른마당'이 나온다. 시원한 그늘 아래 등산객들의 함박웃음 소리가 퍼진다.

봉암저수지의 또 다른 매력은 〈숲속도서관〉이다. 2018년 6월 19일에 개소한 〈숲속도서관〉은 너른마당 동양정 정자 내 400여 권의 어린이, 철학, 소설, 역사 등 다양한 도서를 비치해 놓아 둘레길에서 잠시 자연과 동화되어 책 읽는 시간을 가져볼 수 있다.

〈좋은데이와 함께하는 숲속도서관〉은 ㈜무학이 300여만 원을 들여 서가와 도서를 기탁, 사회공헌사업으로 조성됐다.

자연에서 책 읽는 느낌은 바람, 새, 물, 곤충의 소리들이 하나의 화음을 내듯 자연스럽다. 누구나 별도의 대출, 반납 절차 없이 무료로 원하는 책을 읽거나 쉬고 갈 수 있다는 점이 숲속도서관만의 특별함이다.

할머니와 함께 온 손녀, 부부의 다정함에서 〈숲속도서관〉은 '힐링' 그 자체의 휴식 공간이다. 자연에서 만나는 책과 나

책과 사람,
삶이 머문 공간

의 시간이 지적 풍요로움으로 채워진다.

"숲속에서 책을 읽으니 술술 넘어가는 것이 기분이 좋아지는 느낌이다."

자연이 스며든 곳에서 책을 읽고 사색하는 것들이 깊은 울림을 준다. 소중한 시간이 깃든다.

호수와 어우러진 〈숲속도서관〉은 나그네가 쉬어가는 달콤함이 배인 휴식 같은 공간이다.

책 읽는 시간 동안 자연의 따뜻함이 몸에 스며든다.

자연에서 책 읽는 기쁨을 누리고 싶다면 봉암저수지로 떠나보기를 추천해 본다.

다시 돌아가는 둘레길이 묵직함으로 들어왔다. 초입에 있는 커피가게에서 주문한 아이스티 한 잔이 더욱 달달하다.

숲속도서관
창원시 마산회원구 봉암동 산 1-12번지 봉암저수지 너른마당 동양정 정자 내

책과 문화, 마을을 잇는 주민들의 사랑방, <사림마을도서관>

"아이 하나를 키우는 데는 마을 전체가 필요하다."라는 아프리카 속담이 있다.

작은 도서관은 마을을 이어주고 책을 들여다보며 책 이야기를 나누기도 하고 평생교육의 장으로 배움터가 되기도 한다. 마을을 잇는 문화공연과 행사로 행복한 문화공간의 향기도 풍긴다. 이렇게 마을 도서관은 소소하지만 삶의 풍경이 있고 마음이 따뜻하게 하는 사랑방과 같은 공간이다. 옹기종기 주민의 쉼터 역할을 하고 있다.

그런 공간과 어울리는 의창구 사림동에 있는 사림평생교육센터 마을 도서관의 소소한 도서관 이야기를 소개하고자 한다.

20년 된 <사림마을도서관>은 역사 민속 특화 도서관을 리모델링하여 지역의 역사와 문화, 민속에 관한 책들과 프로그램들을 만들어가고 있는 작지만 알차고 체계적인 특성화 도서관이다. 앞마당에는 아이들의 놀이터가 마련되어 있고 1층에는 무료 급식소가 있어 어르신들이 가끔 2층 도서관에 들러 신문을 읽거나 갤러리에서 전시회를 둘러보는 등 많은 장점이 있다.

2층으로 올라가면 도서관 갤러리가 마련되어 있는데 7회의 주제는 '색이 숨 쉬는 수묵 담채화'이다.

이달의 작가는 남판두, 문연옥 씨로 두 분은 평생교육 프로그램 수강생이다. 수묵 담채화 교실을 통해 배운 것을 하나하나 심혈을 기울여 모아 이번에 기회가 되어 도서관 갤러리에 전시했다. 지역의 작가나 아직 알려지지 않는 작가를 소개할 때도 마을 도서관 갤러리가 좋은 역할을 하고 있어 훈훈하다.

전시는 6월 10일(금)부터 7월 9일(토)까지이며 오전 9시 30분~오후 7시까지 관람이 가능하다.

〈사림마을도서관〉은 열람실, 서가, 자료 검색, 토론 공간, 유아 코너, 그림책 코너 등이 갖추어져 있다. 특히 월요마을 인문학당 코너가 눈에 띈다. 역사 민속 특화에 관한 자료들과 분위기가 고풍적인 느낌이 든다.

한쪽 벽 칸에 마련된 '봉림동 한 마을 한 책 읽기 운동' 포스터가 인상적이다. 한 마을 한 책 읽기는 마을 도서관을 중심으로 마을 주민들이 모여 한 권의 책을 정하여 함께 읽고 생각을 나누는 독서진흥운동이자 마을공동체 운동이디. 올해는 김소연 동화작가의 『몇 호에 사세요?』가 선정되었다. 선정도서를 읽고 독서캠프, 독후감상문 쓰기, 작가와의 만남, 평가 등 다양한 독서 활동이 펼쳐지게 된다.

좋은 독서문화는 함께 책 이야기를 나누고 서로의 생각들을 이해하고 공감하고 소통하는 것이다. 그 중심에 마을 도서관이 있으면 좋겠다.

새 책을 볼 수 있는 신간도서 코너가 도서관 입구에 비치되어 있고 주제별 도서와 유아 도서 코너가 있어 이용자가 쉽게 맞춤형 도서에 접근할 수 있도록 하였다. 이렇듯 〈사람마을도서관〉은 조그마한 공간에 이용자를 배려하는 서비스가 있어 행복을 준다.

김송이 도서 담당은 "도서를 구매할 때 주제별로 역사, 민속 관련 도서를 반드시 한 권씩 구매하고 있으며 지역에 발간되는 역사, 민속 관련 도서를 수시로 마산, 창원 문화원, 역사관에 전화해 구입하거나 기증하는 데 노력하고 있다."라고 말했다. 다독다독 주제별 도서 코너는 매달 여행, 역사, 독서, 사진, 예술 관련 도서를 비치하여 이용자의 접근성을 높였다.

지역의 주민들이 접근하기 가장 좋고 편안하고 이야기꽃을 피울 수 있는 것이 마을 도서관이다. 어린아이들의 유아 관련 도서를 따로 비치하여 엄마와 함께 북 스타트를 하는 곳이 마을 도서관이 되면 좋겠다는 생각이 든다.

〈사림마을도서관〉에는 아기자기한 풍경들이 도서관을 아늑하고 포근하게 만들어준다.

지역에서 활동하며 수석, 나무 장식을 모은 것을 선뜻 기증한 안재건 씨의 작품이 있고, 아이들의 도자기 작품도 바깥 창문에 비친 햇살을 한가득 머금은 채 은은하게 도서관을 밝혀준다. 평생교육 수강생들의 캘리그래피 작품들도 향긋하고 따뜻한 느낌으로 다가온다.

독서실보다 좋은 마을 도서관은 아이들의 문화 놀이터가 되어야 한다. 만남과 이야기가 있는 장소가 자연스럽게 마을 도서관으로 이어진다면 얼마나 좋을까?

〈사림마을도서관〉에는 독서토론 활동을 10년째 운영 중인 청소년 독서동아리(루나)가 있다. 함께 읽고 서로의 생각을 공유하고 이끌어가는 독서토론 문화는 마을 도서관이 가진 큰 매력 중의 하나이다. 2주에 걸쳐 토요일에 진행된다.

역사 민속 특화자료실에는 특별하고 가치 있는 도서들이 있다. 승정원일기, 한국 근대 읍지, 한국미술 오천 년, 국역 면암

집, 서애집, 다산시문집, 한국민족문화대백과사전, 교주본 수궁가, 심청가, 적벽가, 춘향가 등의 자료들이 서가에 비치되어 있어 큰 도서관에 안 가도 고가의 책들을 학교 도서관에서 열람할 수 있다. 이렇듯 우리나라의 민속과 역사에 관한 책들을 서가 곳곳에서 열람할 수 있도록 특화된 공간이 마련됐다.

사림 마을 도서관에는 다양한 문화강좌가 열린다.

유아(발레교실), 초등(역사교실, 한글서예 배우기, 한자 속독, 우쿨렐레), 일반(캘리그래피, 기타교실) 어르신 건강교실 등 다양한 연령층이 참여하며 방학 특강으로 〈사림마을도서관〉 운영진이 재능기부도 진행하고 있다.

〈사림마을도서관〉에는 7~8년째 활동하고 있는 주부 자원봉사 동아리가 운영되고 있다.

함께하는 손(자원봉사 동아리), 럽북(수서동아리)이다. 주부로 구성된 모임으로 책 선정부터 문화행사, 마을 도서관과 관련된 다양한 활동에 참여하여 많은 도움을 주고 있다.

특히, '함께하는 손' 동아리는 연말 불우이웃을 돕기 위해 천연 수제 수세미를 직접 손으로 짜서 판매하고 있다.

책과 사람,
삶이 머문 공간

마을 주민과 함께하는 문화 공동체 축제인 퇴촌 느티나무 축제가 7회째를 맞았다. 이처럼 사림 마을 도서관은 주민들과 함께 호흡하고 있다. 역사 민속 특화자료실은 우리 지역의 소중한 자산으로 앞으로 더 많은 자료와 데이터베이스 구축으로 마을의 보고가 될 것이다.

마을 도서관은 이제 책과 사람, 열람하는 공간에서 벗어나 종합 문화공간으로 탈바꿈하고 있다. 이용자들에게 다양한 볼거리와 즐길 거리가 있는 공간으로 만들어가는 사림 마을 도서관, 작지만 알차다.
지역주민들과 함께 어울리고 호흡하는 문화의 장을 마련하는 동네의 마을 도서관을 방문해 보자.

사림마을도서관
창원시 의창구 사림동 87-10

공원 안의 책과 함께 여유로움, <책빛나래 공유도서관>

책은 삶에 유용한 가치를 전달하는 데 매우 효율적인 도구이다. 그런 의미에서 책 읽는 문화는 도서관뿐만 아니라 다양한 공간에서 지역주민들의 지식과 문화공간으로써의 쉼터를 제공하고 있다.

특히 공원에 설치된 한뼘도서관과 작은도서관은 주민들이 손쉽게 책을 접하고 여유롭게 자연을 벗 삼아 읽을 수 있는 장점이 있다. 요즘 창원시 용지동, 상남동 공원에 가보면 작지만 특별한 공간이 마련되어 있어 주민들에게도 인기가 높다.

작년 6월에 설치된 의창구 봉림동 주민센터 뒤편 큰나무공원에 〈책빛나래 공유도서관〉이 설치되어 공원의 이미지를 한층 높였다. 주민들도 책을 손쉽고 자연스럽게 읽을 수 있는 공간이 생겨 일상적 삶과 함께 호흡하며 생활하고 있다.

의창구 봉림동 큰나무공원에는 소나무 두 그루가 위용을 과시하듯 하늘을 향해 뻗어있다. 앙상한 가지에 추운 겨울을 견뎌내는 기상을 보니 이곳이 바로 큰나무공원이구나 싶다.

공원 한편에는 창원 봉림동 유적이 있다.

총면적 73,710㎡에 대한 발굴조사 결과, 청동기 시대에서 조선 시대에 이르는 석곽묘, 수혈주거지, 고상 건물지, 우물 등 357기의 유구가 발견되었고 석기, 토기, 자기, 철기 등 600여 점의 유물이 출토되었다고 한다.

이 중 청동기 시대 유구와 삼국 시대 유구가 유적의 성격을 파악하는 데 중요한 의미로 작용하고 있단다. 단지 안내자료만 있어 아쉬웠다. 여기에 출토된 흔적들을 복원하여 아이들이 자연스럽게 역사를 이해하는 방법도 고려해 보면 어떨까?

오래되지 않은 공원에는 깨끗한 벤치와 운동기구들이 있다. 산책을 하거나 운동을 즐기는 주민들이 여기저기 보이고 햇살 가득 겨울이 주는 따뜻함이 나무에서도 피어오른다.

큰나무 놀이터 앞에는 24시간 자유롭게 열린 서가제를 운영하는 〈책빛나래 공유도서관〉이 2016년 6월 초에 설치되었다. 공중전화 부스 형태로 만들어진 이곳은 주민들의 책 읽는 쉼터이자 소통의 공간이다.

〈책빛나래 도서관〉의 큰 장점은 주민들과 아이들이 손쉽게 책을 접할 수 있어 책과 함께 쉼터로서의 휴식처로 안성맞춤이라는 것이다.

봉림동 주민센터(1곳)와 큰나무공원(2곳)에 설치되어 누구나 자율적으로 이용할 수 있는 이 도서관은 주민들이 관리하고 운영하며 서로 기증도 할 수 있어 따뜻한 분위기가 만들어져 독서문화 쉼터로 손색이 없다.

초등학교도 가까이 있어 공원 놀이터에서 놀다 작은도서관에서 책도 읽을 수 있어 즐겁고 여유 있는 시간을 보낼 수 있을 것으로 기대된다.

봉림동 주민센터와 봉림동 주민자치위원회가 함께 힘을 모아 조성한 공유 도서관에는 어른, 청소년을 위한 소설책, 시집, 수필집과 유아, 어린이들을 위한 동화책, 그림책 등 다양한 장르의 도서 200여 권 이상을 비치하고 있으며 시정 소식지인 창원시보, 경남공감 등도 놓여있어 산책을 하거나 나들이 나올 때 가끔 함께 보내면 좋을 것 같다.

〈책빛나래 공유도서관〉을 이용할 땐 책을 읽은 후 반드시 꼭 제자리에 꽂아두고 다음 이용자를 위해 파손되지 않도록 해야 한다. 좋은 책의 감동을 더 많은 이웃과 함께 나누어가면 독서문화가 정착하는 데 도움이 될 것이다.

누군가 읽고 벤치에 놓아둔 시집이 추운 겨울을 따뜻하게 녹여주고 그 마음이 공유 도서관까지 옮겨진다.

비록 규모는 작지만 지역주민들에게 행복과 여유를 안겨주기에 부족함이 없다.

봉림동 주민센터 종합민원실 옆에도 공유 도서관이 설치되

책과 사람,
삶이 머문 공간

어 가끔 휴식을 취하거나 커피 한 잔의 여유를 책과 함께 나눌 수 있는 좋은 공간이 될 것 같다.

자율적으로 운영되는 만큼 어질러 놓은 책들을 정리하고 서로서로 기증도 하며 주민들의 이야기 공간으로 꾸며 나아갔으면 좋겠다.

이렇듯 가까운 도서관이 있다면 잠깐의 여유로움과 일상의 사유를 담아보면 어떨까?

책빛나래 공유도서관
창원시 의창구 대봉로 26번길 5 큰나무공원 내

2. 김해에서 만난
도서관 이야기

'생활미술특화'로 거듭난 <팔판작은도서관>

<팔판작은도서관>은 입구부터 색다르다.

벽은 가을 색깔의 알록달록한 종이접기 설치미술로 예쁜 꽃길처럼 꾸며져 있다. 은은하게 비치는 창문은 고즈넉한 분위기를 자아내고 있다. 도서관의 따뜻한 이야기가 금방이라도 열릴 듯하다.

김해시 장유면 관동동 팔판마을 부영e그린 3차 관리동 지하 1층에 위치한 도서관은 지난 9월 2일(토) 책, 사람, 예술이 만나는 생활미술특화도서관으로 새롭게 재개관하여 생활 속

책과 사람,
삶이 머문 공간

팔판작은도서관 - 2017. 9. 2. 책, 사람, 예술이 만나는 생활미술특화 도서관으로 거듭났다.

예술로 이웃과 공유하고 소통하는 열린 공간이 되었다.

예술방은 카페에 온 것처럼 따뜻한 커피향이 풍겼다. 조명등은 은은했고 천장에 걸린 응원등에는 하나하나 도서관에 대한 희망이 담겼다. 서가에는 예술 관련 서적과 미술관에서 기증한 전시 도록이 비치돼 있다. 중간중간 전시공간에 마련된 아이들의 미술작품은 생동감으로 넘쳤다. 특히, 대형 유리 칠판은 아이들이 자유롭게 그리고 색칠하며 꾸밀 수 있게 하여 참여형 미술을 보여주고 있다.

가장 인기 있는 방은 만화방이다. 편안하게 눕거나 앉아서 만화책을 볼 수 있다. 전시공간에는 2013년부터 활동 중인 책을 만드는 봉사동아리 '책봉이'가 만든 큰 책과 원화가 전시돼 눈길을 끌었다.

지난 1월 (사)작은도서관이아름답다의 특화사업에 지원하여 전국 8곳 특화 사업 지원 작은도서관 중 한 곳으로 선정되어 5천만 원의 지원금으로 8개월간 공사를 진행한 결과 아담하고 따뜻한 생활 미술 공간이 탄생했다.

그 뒤엔 숨은 조력자들이 있다. 신훈정 관장, 김영숙 사서 외 운영진, 주민의 노력에 의해 작은도서관이 멋진 예술 놀이터로 변신을 꾀할 수 있었다.

신훈정 관장으로부터 생활미술특화 도서관에 대해 이야기를 들어보았다. 신 관장은 "도서관에서 책 읽는 공간 외에 어떤 것들이 주민들에게 즐거움을 줄지 항상 고민했었다. 미술 수업 활동을 보면서 일상 속 자연스럽게 생활미술로 만들어보면 좋겠다는 생각이 들어 김영숙 사서와 함께 실행해 보고자 특화사업에 지원하게 되었다."라고 말했다.

기존의 도서관 건물 외에 다목적실과 탁구장이 있었는데 이 두 공간을 허물어 업체를 선정하고 매일 공사 현장에서 자재부터 색감, 안전까지 꼼꼼히 살펴 심혈을 기울였다고 한다.

지난 5월에 리모델링한 공간을 시범 서비스로 운영했다. 반응도 좋았다.

한 이용자는 "집 근처에 멋진 미술 공간이 생겨 자부심을 느껴요. 카페 같은 분위기도 나고 미술 놀이터 같았어요, 앞으로 자주 아이와 함께 미술 수업에 참여하고 싶어요."라고 말했다.

신 관장은 "생활미술특화 도서관을 개관하게 되어 매우 뿌듯하고 자랑스럽다. 잘 유지해서 따분하고 어렵게만 생각되는 미술을 누구나 쉽고 자연스럽게 체험하도록 생활미술형 도서관이 한 단계 한 단계 주민들과 함께 성장하는 공간이 되도록 나아갈 것이다."라고 포부를 밝혔다.

특히 국립현대미술관, 부산시립미술관, 클레이아크 김해미술관 등에 후원을 받아 전시 도록을 기증받았으며 미술 문화 프로그램 지원도 함께 운영해 나갈 계획에 있다고 했다.

또한, 지역의 예술작가를 초청하여 주민과 함께 수준 높은 예술 문화를 열어갈 계획도 갖고 있다.

하지만 아직도 해결해야 할 문제들이 산재되어 있어 작은도
서관에 대한 관심과 지원을 아끼지 말아 달라고 마지막 인사
로 마무리했다.

필자가 만난 〈팔판작은도서관〉은 책, 사람, 예술이 만나는
슬로건으로 이웃과 함께 책 속 이야기를 나누고 만나며 다양
한 예술을 접해가는 사랑방이다.

김해지역에도 이렇듯 자랑할 만한 미술특화 도서관이 생겼
다. 아이와 손잡고 책과 함께 미술여행을 떠나보면 좋을 듯
하다.

팔판작은도서관
김해시 덕정로 68, 팔판마을e그린3차아파트 관리동 지하1층

작지만 편안한 공간, 〈대우 유토피아 작은도서관〉

어방동 499번지 22년 된 대우 유토피아 아파트가 드디어 주
민의 문화공간인 관리사무소 2층에 〈대우 유토피아 작은도서
관〉의 개관식을 열었다. 관리사무소 2층은 22년 동안 독서실

책과 사람,
삶이 머문 공간

로 사용하다 시설과 유지 측면에서 어려움에 부딪쳤었다. 특히, 어린이 시설과 주민들의 요가와 노래교실 공간이 부족하여 노인정에서 프로그램을 운영한 적이 많았다. 2015년 9월에 동대표 의결을 거쳐 〈대우 유토피아 작은도서관〉을 만들고자 한 후 자체 노력으로 도서관으로 바꿔 주민 문화공간으로 재조성했다.

개관 전부터 주민과 어린이들의 관심은 적극적이었다. 〈대우 유토피아 작은도서관〉이 생겼다는 것에 기대와 호기심으로 구경하고 놀러 오기도 하였다.

입주자 대표 배병재 회장을 비롯하여 부녀회, 운영위원회, 주민들이 합심하여 여럿이 〈대우 유토피아 작은도서관〉을 둘러보고 백방으로 수소문하여 기존의 좁고 케케묵은 곳을 산뜻한 색감의 벽면과 아늑한 책 읽는 공간으로 꾸몄다.

약 50평의 공간에는 주민과 시에서 기증받은 5,000여 권의 책이 비치되었고 엄마와 아이가 함께 책 읽고 이야기를 나눌 수 있는 열람실과 영화를 볼 수 있는 공간, 어린이들의 토요서당과 주부 노래교실, 요가교실의 장소인 강의실이 마련되었다. 앞으로 방학을 맞아 '그림책과 놀자' 등 다양한 독서프로그램도 운영될 예정이라 지식을 충전하고 문화의 향기를 불어넣는 감성의 장으로 성장할 것으로 보인다.

규모는 작지만 아이들뿐만 아니라 어른들도 쉽게 찾아와 동네 독서문화방 같은 곳으로 만들 예정이며, 관장, 사서, 운영위원회 등 도서관 운영자는 순수 봉사자들이다.

도서관 관계자는 "도서관은 단지 책 읽는 공간이 아니라 아이들이 놀이도 하고 언제든 부담 없이 편안하게 찾아와 즐겁게 책도 읽고 이야기도 나눌 수 있는 공간으로 자리매김할 수 있도록 노력하겠다."라고 말했다.

> **대우 유토피아 작은도서관**
> 김해시 인제로 167 대우유토피아아파트 관리동 2층

책과 휴식의 어울림, <김해율하도서관> 개관

도서관은 시대 변화와 이용자의 요구에 따라 끊임없이 진화하고 발전해 왔다. 그 속에서 삶의 가치와 문화는 성숙해 졌다.

도서관은 창의적으로 성장하는 유기체다. 책과 이용자 그리고 공간이 주는 무한한 가치는 도서관만이 가지고 있는 특권일지도 모른다. 도서관이 지닌 수많은 세계관은 매혹적이고 흥미진진한 것들로 가득 차 있다. 도서관은 그런 공간이어야 한다.

김해율하도서관 - 도서관이 지닌 수많은 세계관은 매혹적이고 흥미진진하다.

    2018년 6월 1일에 문을 연 〈김해율하도서관〉을 둘러보았다. 김해 서부지역의 문화복지와 삶의 질 향상을 위해 율하2로 210 김해서부문화센터 내에 지상 3층 연면적 5648㎡의 어린이 자료실, 자료실, 강의실, 세미나실, 전시실 등 복합문화 공간으로 조성된 곳이다.

2007년 '책 읽는 도시 김해'를 선포한 후 다양한 책과 문화 그리고 도서관의 새로운 패러다임을 추구하고자 8번째 공공 도서관으로 개관하는 〈김해율하도서관〉은 서부지역 시민들의 책 읽는 즐거움과 독서 갈증을 해소시키는 데 큰 의의가 있다.

김해서부문화센터의 외관부터 눈에 띈다. '가야의 문'을 콘셉트로 가야 토기가 형상이 수려하고 웅장한 모습을 자랑한다. 센터 앞은 우리에게 익숙한 트랜스포머의 '범블비' 로봇과 아이언맨이 등장하는데 두 조형물은 정크아트 예술기법으로 표현되어 있다.

부속동 건물 지상 1층 헬스장을 지나면 연령대별로 이용할 수 있도록 2~4층까지 도서관으로 꾸몄다. 2층은 어린이실과 유아실, 3층에는 종합자료실과 보존서고, 동아리방 4층에는 언어, 문학, 역사 관련 자료실, 다목적 강당과 스터디룸이 마련돼 있다.

2층 어린이 자료실은 어린이를 생각하는 마음이 담겼다. 상상의 공간에서는 책을 읽는 동안 상상의 세계로 빠지는 듯하다.

핀란드산 자작나무의 물결이 따스하게 배어난다.

주성희 그림책 작가가 그린 벽화에서 아이들은 동화책 속

상상의 주인공이 된 듯하다.

아이와 엄마를 배려하는 편의 시설인 수유실, 어린이 전용 화장실도 마련돼 있다. 공간 공간마다 안락함이 책 읽는 마음 으로 이끈다.

단순히 책 읽는 공간을 떠나 즐기고 느껴보는 것들이 내면 으로 스며들 때 고귀함이 채워지리라 생각된다.

3층 일반자료실 1은 8㎡에 달하는 대형 열람 테이블이 이색 적이다. 자료실은 총류, 철학, 종교, 과학, 예술 관련 도서가 갖 추어져 있다.

넓게 펼쳐진 자료실에는 이용할 공간들이 많아 즐거움을 준 다. 최신 인기 영화나 라이브 방송을 볼 수 있는 푹존(Pooq Zone)이 있고 전자신문 코너에서는 터치스크린을 통해 14종 신문의 오늘의 기사를 검색할 수 있다.

연속간행물실은 55종의 최신 잡지를 다양하게 접할 수 있어 매료되기에 충분하다.

둥근 원형 기둥을 이용하여 도서반납 용도로 만들었다. 〈김해율하도서관〉의 또 다른 자랑거리다. 연도별로 정리한 김해의 대표 책들이 창가 한편에 마련됐다. 유혹하듯 그 공간을 지배한다.

독특한 브라우징 공간은 함께 책을 읽고 이야기를 나눌 수 있는 따뜻한 이미지를 지녔다.

그중에서 가장 핫한 것은 공원에 온 것처럼 수직정원을 조성해 놓은 곳이다. 3·4층을 연결하는 곳에 수직공원을 조성해 공연이나 작가와의 만남, 북콘서트 등 다양한 문화잔치를 열 수 있어 기존의 도서관 이미지를 탈피한 〈김해율하도서관〉만의 공간이다. 책 읽는 느낌이 색다르다. 벽면에는 프랑스어, 베트남어, 덴마크어, 불가리아어로 '도서관'이 쓰여있다. 조명도 독특하게 꾸몄다. 이용자를 위한 세심한 배려가 돋보이고 구석구석 비치된 추천서들이 눈에 들어왔다.

언어, 문학, 역사가 있는 4층 일반자료실 2에는 온 가족이 함께 만들어가는 공간인 패밀리룸이 있고 토론을 할 수 있는 스터디룸이 있다. 가족이 함께 즐길 수 있는 패밀리룸에는 빅북, 팝업북, 보드게임 등이 비치돼 있다. 이 밖에도 휴식을 위한 야외 테라스와 휴게실이 꾸며져 있다.

단순히 공간이 주는 편리함을 넘어서 여기저기 이용자의 마음을 도서관으로 끌어들이도록 노력했음을 알 수 있다.

4층 복도에는 김혜원 그림책 작가의 『아기 북극곰의 외출』 원화전이 열리고 있었다. 이곳에는 세미나실, 강의실이 있으며, 시민들이 힐링할 수 있는 야외 테라스와 휴게실도 있다.

동화체험실에서는 대형 스크린으로 동화 속 어린이가 주인공으로 등장하는 체험형 독서 콘텐츠를 구현하는 공간이 있다. 아이들에게 도서관과 책 읽기를 쉽고 재미있게 소개하는 데 토대가 될 것으로 보인다.

책 읽는 공간의 아름다움을 빚어낸 순간들이 삶에 조화롭게 묻어난다.

〈김해율하도서관〉은 창의적인 공간이 많았다. 시민들이 편안하고 즐겁게 책을 읽으며 보낼 수 있도록 배려한 부분이 눈에 들어온다.

책과 휴식의 어울림 속에 독특함이 곳곳에 풍기는 〈김해율하도서관〉에서 아이와 함께 동화되는 여유 있는 시간을 가져보면 어떨까?

김해율하도서관
김해시 율하2로 210 김해서부문화센터 내 2층

대포천 아줌마들의 도서관 사랑 이야기, <대포천작은도서관>

김해에는 37개의 작은도서관이 동네마다 책 읽는 문화공간으로 자리 잡고 있다.

그중에서 마을에 아줌마들이 협동하여 억척같이 도서관을 운영하고 있다는 소문이 있는 상동면에 위치한 <대포천작은도서관>을 찾아가 보았다.

추운 날씨에도 불구하고 늦은 저녁 시간까지 운영위원 3명이 도서관에 대해 이야기를 나누고 있었다.

7년 동안 어떻게 운영되었는지 살펴보도록 하자.

2007년도에 1월에 문을 연 <대포천작은도서관>(관장 김옥순)은 관장과 운영위원들의 열정적인 도서관 사랑으로 지역 기업의 후원을 받아 2015년 1월에 도서관을 새롭게 단장하여 주민들에게 호응을 얻고 있다.

추운 겨울날에는 바닥이 차가워 책 읽는 아이들의 불편함을 보고서 직접 마을의 개발위원장을 찾아가 도서관에 대하여 이야기를 나누고 도움을 요청했다. 지역 기업인 삼환기업과 코오롱건설의 소장에게 도서관 환경을 보여주고 어려운 점을 호소하여 그 결과 따뜻하게 책을 읽을 수 있도록 도서관 바닥을 온돌 바닥으로 교체하였고 현관 자동문과 중문도 설치하게 되었다.

이 도서관에는 마을 주민으로 구성된 도서관 운영위원 8명이 6~7년간 여름/겨울방학 독서교실, 대포천 사생대회(5회째), 책 읽고 독후감 쓰기, 바둑교실, 책두레 서비스를 운영하고 있다.

또한, 상동면 어린이집에서 요일을 정해서 애니메이션 영화를 보여주고 있으며, 그중에서도 관장님이 읽어주는 그림책 시간은 아이들에게 인기가 좋다. 이렇듯 그녀들의 노력으로 상동면만의 도서관은 작지만 알차게 운영되고 있었다.

특히, 상동면의 17개 마을 어르신들을 위한 영화체험은 운영위원들의 자랑거리다. 70~80대 어르신들을 위해 운영위원들이 직접 차로 모시고 도서관에서 영화 상영을 볼 수 있게 한다. 영화를 보고 나온 한 할머니께서는 "내 평생 영화를 처음 보았다."라며 고맙다고 표현하였다. 운영위원들은 어르신들이 즐거워할 때 보람을 느낀다면 속내를 드러내었다.

김옥순 관장은 "편안한 마음으로 책을 보고 은행 창고 문을 낮추듯이 자율적인 분위기에서 부담 없이 모두 내 집처럼 드나들면서 책과 더불어 소통하는 공간을 만들고 싶다."라고 말했다.

김란 부관장께서는 독서 프로그램을 운영하는 데 드는 강사 비용이 많아 부담이 된다며 재능기부를 해줄 강사분이 우리 도서관에 온다면 상동면의 아이, 어른, 주부들이 색다른 경험과 혜택을 누릴 수 있다며 애로사항을 토로했다.

이 도서관은 버스를 기다릴 때 잠깐 쉴 수 있는 정류장으로, 맞벌이 어머니들에게는 아이들의 돌봄 장소로, 어르신들에게는 쉼터의 공간으로, 주부들에게는 수다의 장소로 이용되며 문화 혜택이 어려운 상동지역을 문화, 만남, 정보의 공간으로 담아 가고 있었다.

그 속에는 대포천 아줌마 운영위원들의 보이지 않는 노력들이 깃들어 있다.

인터뷰 내내 관장님과 운영위원들의 도서관을 사랑하는 마음이 깊게 느껴져 이곳이 상동면의 문화중심적 사랑방 역할을 톡톡히 펼쳐 나아갈 것이 보인다.

책과 사람,
삶이 머문 공간

대포천작은도서관

김해시 상동면 장척로756번길 6

3. 밀양에서 만난
도서관 이야기

은은함이 묻은 책 향기에 기대어 <밀양향교 작은도서관>

밀양에는 서원이나 재실이 많다. 나라의 위대한 선각자와 사상가를 무수히 배출하여 영남 학풍의 맥을 이어오는 데에는 서원이나 제실, 정각 등을 한데 아우르는 누정이 있어 가능했다. 여름철이 되면서 서원이나 향교에 들러 역사를 느끼고 선조의 숨결을 느껴보는 가족 단위 나들이객들의 발길이 끊이지 않고 있음에 내심 감탄할 따름이다.

득히, 이번에 성신적인 뿌리인 밀양향교에서 좋은 소식이 들려왔다. 작은도서관을 개관했다는 것이다. 도서관인의 한 사

책과 사람,
삶이 머문 공간

밀양향교 작은도서관 - 옛 향교와 현대의 도서관이 만나 은은한 고전미가 풍긴다.

람으로서 매우 반가웠다. 향교와 도서관의 만남 과연 어떤 모
습일까?

본격적인 무더위가 시작된다는 소서(小暑)에 〈밀양향교 작
은도서관〉을 찾아가 보았다. 향교에 도서관을 만들었다는 것
은 이곳이 처음이라 하니 기대가 컸다.

밀양향교는 서기 1100년경에 창건되었다고 전하며 밀성(密
城) 손(孫)씨 집성촌에 밀집해 있는 교동(校洞)마을 안쪽에 위
치하고 있다. 비가 내린 뒤 마을로 들어가는 골목길은 과거로
돌아가는 여행길 같은 느낌을 받았다. 옛것들을 더듬어 봄직
도 하다.

밀양향교 입구에 작은도서관 이용 안내가 자세히 설명돼 있다.

향교로 들어가는 입구부터 새롭다. 향교를 관리하는 직원이 머무는 곳, 전교실(典校室)에 '선비'라는 글자가 마루에 걸쳐있다. 작은 쪽문을 통과하니 물씬 풍기는 한옥의 향이 느긋하게 마음을 놓게 했다. 향교와 함께한 늙은 소나무는 위엄과 절개를 한껏 뽐냈다. 명륜당과 서재에 〈밀양향교 작은도서관〉이 있었다. 옛것과 오늘날의 단아한 책들이 은은하게 묻어나는 것이 끌림이 있다. 도서관의 첫 느낌은 그랬다.

시에서는 시민에게 지식 정보를 제공하고 독서문화 향유 기반을 다지며 밀양향교를 찾는 이에게 살아 숨 쉬는 전통문화를 전수하는 것에 의미를 두고 있다.

향교 내 명륜당, 서재, 풍화루를 활용해 도서관으로 만들었으며 면적 158㎡로 어린이, 어른의 서재와 책을 읽을 수 있는 공간으로 꾸몄다.

향교와 도서관 모두 무언가를 배우기 위해서 찾는 공간이라 의미가 크다.

책과 사람,
삶이 머문 공간

마당 내 초록 빛깔이 향교를 향긋하게 그려놓았다.

유생의 기숙사였던 동재 맞은편 서재를 어린이 서재로 꾸몄다. 돌계단으로 올라서면 나란히 놓인 실내화를 신고 이용할 수 있다. 한옥 마루에 올라서니 발끝에 전해오는 시원함이 온몸을 전율케 했다.

대청마루 한쪽에 빌 게이츠의 명언 "오늘의 나를 있게 한 것은 우리 마을 도서관이었다."라는 글자가 눈에 띄었다.

간행물과 자연에 관한 사진전이 놓인 곳에 사무실이 있고 어린이 서재는 왼쪽에 자리 잡고 있었다. 은은한 나무 향이 퍼지는 어린이 서재 안에서 엄마와 아이가 책 읽는 모습이 따뜻한 정이 되어 방 안에 퍼졌다.

아늑한 공간 덕분에 조용한 분위기 속에서 아이와 부모가 책에 푹 빠져있는 듯했다.

창호지 문과 세살창으로 둘러싸인 방은 바깥에 들어오는 햇볕이 책과 함께 비쳐 고풍스러웠다. 창(窓)이 그리움으로 풍긴다.

비가 온 향교의 마당은 더욱 운치가 있다. 도서관에서 바리스타 자격증을 공부하는 어르신에게 이곳을 이용한 느낌을 여쭤봤다.

"서당에서 유생들이 책을 읽듯 저도 학습하는 태도가 달라졌지요. 마침 비가 오는 바깥 풍경은 고풍스러운 느낌에 운치를 더합니다. 자연과 어울려진 향교에서 눈과 귀가 즐거워 작은도서관을 매일 찾고 싶을 정도지요."라고 말한다.

명륜당 대청마루에서 누워서 책 읽는 부부의 모습이 평온해 보인다.

명륜당 일부는 일반 서재로 꾸며졌다. 문학부터 철학, 사회과학, 예술, 역사 등 다양한 책들이 서가에 꽂혀있고 지역에서 활동한 작가의 책과 밀양에 관한 책들도 있어 반가웠다.

일반 서재에서 바라본 향교는 고전미가 흐른다.

단청으로 이루어진 천장은 독특한 멋을 풍겼다. 은은한 조명과 창호지를 바른 격자무늬 창, 나무 책장과 한옥에서 풍겨오는 나무 향이 한데 어우러져 마치 과거로 시간 여행을 하는 듯한 기분을 느끼게 해줬다.

밀양향교 손양현 교화장의는 "향교가 옛 교육기관으로 머물지 않고 도서관이라는 공간이 되어 시민들이 몰랐던 향교의 정신인 윤리, 선비정신을 자연스레 배우고 함께 소통하며 전통문화를 알릴 수 있어 의미가 매우 크다."라고 말한다.

향교와 도서관. 옛것과 현대가 스며드는 공간.

작은도서관의 이용 시간은 오전 9시~오후 6시까지이며 매주 일, 월요일은 휴관한다. 1인당 3권의 책을 대출할 수 있는데 밀양시립도서관 회원증만 있으면 이용이 가능하다.

잠시 향교에서 고전적 아름다움을 지닌 도서관에서 예스러운 책 향기를 맡아 보면 어떨까?

밀양향교 작은도서관
경남 밀양시 교동 733 밀양향교 내

책과 자연이 어우러진 <토끼와 옹달샘 숲속도서관>

5월의 햇살은 따뜻했다. 가로수길 아래 그늘진 숲은 절로 삶의 여유로운 쉼을 주었다. 밀양 삼량진역을 지나 안태호로 가는 길이 정겹다. 안태호를 품은 공원은 여유로움에 가득 찼다.

천태산 아래 동화 속 이야기에 나올 것만 같은 숲속도서관이 있다. 오월을 벗어난 숲속 공간은 그리운 보랏빛 오동나무 꽃이 졌고 매실은 산책 주변을 배회했다.

삼랑진읍 행곡리 천태산 아래 가뭄에도 마르지 않는 옹달샘이 있는데 예전에는 이곳의 주민이 약수터로 이용했다고 한다. 동요 속에 나오는 가사처럼 도서관 이름도 참 예쁘게 지었다.

새벽에 눈 뜨면 늘 있고 물만 먹고 가지만 늘 반겨주는 옹달샘 같은 곳이다.

새벽에 토끼가 눈 비비고 일어나
세수하러 왔다가 물만 먹고 가지요

㈜큐라이트의 최헌길 대표와 ㈔한국독서문화재단 이기숙 이사장 부부가 2012년에 조성한 도서관이다.

최 대표는 책에 대한 특별한 경험이 독서 경영으로 이어진다고 한다.

불우했던 어린 시절에는 '빨간 머리 앤'이라는 책을 통해 꿈과 희망을 키웠고 사업을 하게 된 성인 시절에는 경영 서적을 통해 얻은 지식과 정보가 34년간의 기업 경영에 큰 도움을 주어 지금의 독서 경영으로 이어졌다고 한다.

책과 사람,
삶이 머문 공간

최 대표는 자연 그대로를 살려 인위적인 요소가 없는 자연 속에서 책과 사람이 어우러지는 공간인 숲속도서관을 그려보고자 노력했다.

이곳의 또 다른 매력은 옛 동산에서 뛰어놀던 어린 시절의 동심을 떠올려볼 수 있다는 점이다. 동화 같은 궁전 모양의 숲속도서관 '본관'은 책을 읽기도 하지만, 교육, 워크숍, 발표회 등 다양한 독서 활동이 이루어지는 공간이다.

넓은 공간에서 아무렇게나 앉아서 자연스럽게 책을 접하는 아이들의 모습이 아름다웠다. 특히, 2층 다락방에서는 낮에는 숲속 풍경을, 밤에는 별을 보면서 낭만적으로 책을 읽을 수 있다.

현재 성인도서와 아동도서가 1만여 권이 비치돼 있으며 성인 도서에 포함된 2천여 권의 경제 경영 도서는 독서 경영에 이용되고 있다.

따뜻한 온돌방에서 책 속에 빠지다 보면 동화 같은 이야기가 펼쳐질 것 같은 분위기가 특별하다. 더욱 오래 머물고 싶다.

본관 옆의 다실 겸 음악감상실에서는 녹차, 보이차, 발효차 등 여러 가지 차와 다구가 비치돼 있어 차를 마시며 음악을 감상할 수 있고, 전통 생활품 전시관에는 전통 생활품과 아동도서가 있다.

숲속도서관의 매력은 산책로에서 만나는 작은 도서관이다. 원두막이나 방갈로처럼 조성되어 숲과 새들과 바람 소리, 그리고 사람과의 정을 벗 삼아 자연스럽게 책 읽는 기쁨을 누릴 수 있다.

고전문학 방갈로에는 고전문학 도서 700여 권이, 시 원두막에는 시집 500여 권이, 수필 원두막에는 수필집 400여 권이 장르별로 구분되어 좋아하는 공간에서 그저 책 한 권을 음미할 수 있어 마음 한가득 충만함이 피어오른다.

시 원두막에서는 한국독서문화재단 독서동아리 '꿈꾸는 기차 독서 모임' 회원들이 유시민의 『어떻게 살 것인가』 책 내용 중 삶과 죽음에 대해 열띤 토론을 벌이고 있다.

5년째 끈끈한 정으로 모인 6명의 어머니들은 책 모임과 함께 지역아동센터의 아동을 대상으로 독서 지도를 해오고 있으며 매년 워크숍을 열어 1박 2일을 의미 있게 보낸다.

독서 모임의 한 회원은 "계절마다 새롭고 공간이 주는 따뜻함이 자연스럽게 책 읽기도 좋고 여유로운 산책은 힐링이 되는 기분이라 매년 방문하고 있다."라고 말했다.

산책로를 걷다 보면 나무에 걸려있는 시를 읊조리며 자연과 함께 동화되는 순간을 가질 수 있다는 점도 이곳의 또 다른 자랑거리다. '시화'와 자연을 함께 보니 시적 감수성이 자극된다.

고전문학, 시, 수필 등과 같이 장르별로 구분하여 자기가 좋아하는 원두막에 앉아 그저 마음 가는 대로 여유를 즐겨보는 것은 하나도 어색하지 않다.

5월의 수필 원두막에서는 탐스럽게 매실이 익어가고 시 원두막 아래엔 느티나무가 있고 그 옆에는 옹달샘이 있다. 고전문학 방갈로는 고전문학의 멋스러움의 향기가 소박함으로 전해져 온다.

산책로 끝 소나무 정자에 오르면 숲속도서관을 한눈에 담아볼 수 있어 여유로움에 매료되기에 충분하다.

이곳에 방문한 한 손님은 "책을 읽으러 왔지만 자연에 취해 책을 읽을 수가 없었다."라고 말한다.

숲속도서관은 사원연수원으로 시작했지만 많은 사람들과 공유하고자 일반인도 이용할 수 있도록 개방했다.

한국독서문화재단에서 진행하는 독서캠프는 지역아동센터 아동들이 참여하고 있으며 교육, 문화 단체에서도 비정기적인 행사를 열어가고 있다.

앞으로는 자주 방문하는 분들을 중심으로 모임을 구성하여 다양한 문화행사를 정기적으로 개최할 예정이다.

최 대표는 "야외 독서 시설을 좀 더 확충하고자 시화 그늘막과 다래 그늘막에 미니 책장을 추가해서 신간도서를 비치하여 책 읽는 분위기를 장려해 나아갈 것"이라고 밝혔다.

그저 자연을 벗 삼아 여유를 머금고 지식을 꺼내 한 모금의 인생을 보는 숲속도서관이 봄날의 추억 같다.

가슴이 답답하거나 자연 안에서 책과 함께 하루의 문학인으로 스며들고 싶을 때, 아이와 함께 자연을 느끼며 책 읽는 즐거움을 느끼고 싶을 때라면 〈토끼와 옹달샘〉 숲속도서관이 제격이다.

토끼와 옹달샘 숲속도서관
밀양시 삼랑진읍 행곡로 220

4. 함안 함주공원 내
조금 특별한 도서관 이야기

책과 자연을 그리는 <도란도란 그림책버스>

함안의 명물 함주공원은 가을이 서서히 다가왔음을 피부로 느끼게 하였다. 뛰노는 아이들의 얼굴에서, 열매의 단단함이 맺힌 나무에서도 가을은 인기척 없이 다가왔다.

밝게 갠 구름 사이로 하얀 솜사탕처럼 부드럽게 가을 햇살을 어루만졌다. 공원에서의 산책은 가볍다. 여러 조각들이 가슴 한곳을 채웠다.

가는 곳마다 가을이 시적 감수성을 재촉하기에 충분했다. 부모와 함께 나온 아이들의 행복한 미소. 공원에서의 여가는 삶을 더욱 살찌게 만든다.

공원 내 가을을 닮은 조금 특별한 도서관이 있다. 나뭇결 사이로 초승달과 함께 알록달록한 동화책의 마술 버스처럼 생긴 도서관. 아이들이 힘껏 달려가는 것을 보니 마음을 사로잡는 마스코트 같았다.

버려진 폐버스를 개조해 만든 '도란도란 그림책버스'는 자연과 잘 어울린다. 자연스러운 쉼터, 엄마의 따뜻한 감성으로 그림책을 읽어주는 마음이 담긴 공간이다.

함안여성회에서 주관하여 2009년 4월에 개관하였으며 지금까지 꾸준히 책 읽는 프로그램과 다양한 책 놀이로 도란도란 이야기꽃을 피워내고 있다.

운영 시간은 화~금요일 오전 11시부터 오후 4시, 토, 일요일 오후 11시부터 오후 5시다. 매주 월요일은 휴관이다.

공원에 뛰놀던 아이들이 어느 순간 버스에서 책을 읽으며 즐거운 한때를 보내는 것이 이곳의 풍경이다.

그림책버스에 들어서면 책으로 둘러싸인 공간과 어린이가 좋아하는 분위기로 아기자기하게 내부가 꾸며져 있다.

영유아부터 초등, 성인이 읽을 만한 책과 그림책이 분류돼 있고, 숲속의 도서관처럼 자연스러워 읽는 이의 마음을 녹인다. 아이들의 독서능력에 맞춰 다양한 책들이 꽂혀있는데 1,000여 권의 그림책은 엄마와 아이의 교감을 상징하는 것 같다. 들릴 듯 말 듯 한 부드러움이 따뜻하게 흘렀다.

집 안같이 부드러운 감촉의 공간이라 책을 누워서도 보고 편안하게 기대어서도 볼 수 있는 것이 장점이다. 그림책버스에서 책 읽는 즐거움에 빠진 친구들은 어느덧 상상의 여행길에서 가을로 물들었다. 책 읽는 동안 창밖의 풍경과 가을 소리가 들리고 풀숲의 작은 벌레들이 향긋한 자연을 그려주었다.

공원 내에서 책을 볼 때 빌려 갈 수도 있다. 돗자리도 가능하다.
책 읽는 습관들이 자연스럽게 자리 잡는 곳이 이곳이라 생각됐다. 자연을 벗 삼아 도란도란 행복감을 쌓아가기에 만족할 만하다.
버스의 창밖 가을 풍경이 아름답기 그지없다. 상상의 날개가 높이 날려갈 조짐이다.

아이의 마음을 품은 그림책버스가 달려가는 기차처럼 역동적이다.

책 속의 놀이터, 그림책버스는 자연을 품고 아이를 품은 행복한 공간이다. 힘껏 달려가지 못해도 이야기가 있고 힐링이 있다.

그림책버스에서 만나는 무한한 상상력과 에너지가 꾸준히 퍼져 나아가길 바란다. 책 읽는 행복한 바이러스를 그 공간에서 포근하게 엮어가기를 기대해 본다.

도란도란 그림책버스
함안군 가야읍 도항리 249-52

---

5. 창녕군, 환경과 생태를 생각하는
책 놀이터가 문을 열다

자연과 책 이야기를 나누는 쉼터 <우포자연도서관>

원시 자연늪으로 알려진 우포늪 일대에 2015년 8월 29일
<우포자연도서관>이 개관하였다는 소식에 도서관 종사자의
한 사람으로서 기뻤다.

창녕 우포로 가는 길에 고추가 빨갛게 익어가고 논에서는
누렇게 익은 벼가 고개를 숙이고 있다. 농촌 풍경이 오늘따라
한 폭의 수채화 같다.

가을볕이 좋아 고추를 말리는 어느 농촌 집에 시선이 간다.
시골 어머니가 생각난다. 올해도 고추 농사는 잘 되었는지?

자연도서관은 처음 가는 사람은 찾기가 쉽지 않다. 우선 우포 생태교육원으로 검색하여 찾아가면 된다. 생태교육원에서 자연도서관까지는 차로 3분 정도 걸린다.

자연도서관 앞 깨 위에서 고추잠자리가 여유롭게 가을볕을 쬐고 있다. 억새와 우편함이 잘 어울려 한 편의 풍경이 된다.

우포 자연학교 교장이 5년간 준비한 〈우포자연도서관〉은 창녕군 본초리 대대마을에 있는 농업창고를 고친 것이다. 이 교장은 우포늪 탐방객에게 생태와 자연을 보며 잠시 쉴 수도 있고 생태 관련 책을 보면서 자연을 생각할 수 있게 하는 쉼터를 만들고자 하였다.

2011년부터 준비작업을 거쳐 여러 뜻 있는 단체를 알아보고 많은 사람의 후원과 재능기부로 십시일반(十匙一飯)의 도움을 받아 우여곡절 끝에 도서관 문을 열었다.

습지 보전 운동가, 도서관 친구들, 건축사 그리고 이 교장은 직접 찍은 사진 작품으로 사진전을 열어 기금을 마련하였다.

나무로 짜인 서가에 여러 기관으로부터 기증받은 자연, 생태, 동화 등 여러 책이 꽂혀있다.

은은한 조명등이 책 읽기에 좋은 풍경을 만들어준다.

책과 사람,
삶이 머문 공간

이 교장은 20년 전부터 우포 보존 운동을 하면서 우포늪의 모습과 활동을 하루도 빠지지 않고 관찰하고 기록하여 담아 낸『비밀의 정원 우포늪』을 출간했다. 이 책에는 정봉채 사진작가의 작품도 함께 실려 의미를 더했다.

익살스러운 아이의 모습과 잠자리 모양의 만든 짚풀공예가 서가에 놓여있다. 여치가 살아있는 듯한 느낌이 든다.

관속식물과의 잎을 따서 모아둔 보관상자가 나란히 진열되어 있는데 인상적으로 와닿았다. 개미탑과, 벽오동과 용설란과, 붓꽃차, 소철과, 쇠비름과, 팥꽃나무과, 선인장과, 감탕나무과 등 여러 식물명이 적혀있다.

탐방객과 소소한 이야기를 나눌 수 있는 방도 마련되어 있는데, 우포에 대한 진지한 이야기들을 나눌 수 있는 사랑방이다. 아늑하고 온기가 느껴진다.

앞으로 자연도서관에서 탐방객을 위한 인문학 강좌, 환경과 생태에 대한 동영상 시청 등 다양한 활동을 열 계획이다.

아이들에게 도서관은 자연의 놀이터다. 메뚜기, 방아깨비, 여치, 귀뚜라미 등 다양한 곤충들을 도서관 앞마당에서 관찰하고 만져보고 또 도서관에서 책을 살펴보고 나서 이것저것 만들고 그리는 활동을 하면 참 좋은 자연 교육의 장이 된다. 이인식 교장은 "우포자연도서관이 우포늪을 방문하는 여행자에게 우포의 가치를 전하고 환경보호 의식을 배우는 공간이 되었으면 좋겠다."라고 말했다.

학교와 체험학습을 연계하여 잠시 쉴 수 있는 공간뿐 아니라 자연의 소중함과 생태의 보호를 사랑하는 마음가짐을 배울 수 있는 장소가 되기를 기대한다.

〈우포자연도서관〉은 이 교장의 열정과 자연에 대한 사랑이 따뜻함으로 가득 채워져 있다. 우포늪으로 가실 때 〈우포자연도서관〉에도 들러 책 이야기를 나누어보시길 바란다.

우포자연도서관
창녕군 유어면 대대효정길 66-8

PART 4

삶의 소확행이 있는
인문 공간 이야기

1. 사람 사는 이야기가 있는 풍경, 〈생림면 북 카페〉

지역신문을 읽던 중 기사 한 부분이 눈에 들어왔다. 주민들을 위해 작지만 알차게 행복한 북 카페를 꾸려간다고 하여 궁금하였다.

인터넷으로 검색하여 담당자와 직접 통화하여 인터뷰를 요청했다. 흔쾌히 허락했다.

퇴근 시간을 맞춰 자동차로 가니 30~40분 소요되었다. 해는 벌써 서산 너머에 있다. 마을에 도착하니 시골이라 한산한 분위기이다.

생림면 복지회관 1층에 북 카페가 보인다. 북 카페 게시판에

책과 사람,
삶이 머문 공간

는 알찬 정보들이 가득했다. 북 카페 소식, 책 소개, 성인독서회 회원 모집, 찾아가는 도서관 신청 안내 등이 게시판을 장식하고 있다. 담당자의 꼼꼼한 마음이 묻어난다.

북 카페는 가정집의 서재 방처럼 아담하고 포근한 분위기가 난다. 정미영 사서와 인사를 나눈 후 잠깐 북 카페를 둘러보았다. 신간 도서 소개와 희망 도서 신청란이 눈에 띈다.

서가에는 주제별로 책이 정렬되어 있다. 일반 도서관과 별 차이는 없다. 몇 시간 전에 태권도 관원 아이들이 관장과 함께 책 읽을 시간을 가졌다고 한다. 동네에 있는 작은 도서관은 아이들의 문화 놀이터가 된다.

2013년도에 생림면 복지회관 1층에 문을 연 〈생림면 북 카페〉는 지역 특성상 이용자들이 나이가 많고 문화를 누릴 여유가 없어 어려움을 겪고 있었다.
하지만 장환형 생림면장과 정미영 사서, 생림면사무소 직원들의 노력으로 조금씩 변화된 모습들이 나타났다.

그 첫 번째가 찾아가는 책 배달 서비스다. 정미영 사서는 전화가 오면 직접 추천 책을 챙겨 이용자를 찾아간다. 책을 읽고 싶어도 바쁜 일상과 직장, 농사일로 인해 북 카페를 방문하기 어려운 분들을 위해 사서가 직접 희망, 추천도서를 챙겨 이용자에게 배달해 주는 도서관 서비스이다.

인근 공장, 식당, 한의원, 농협, 우체국, 경찰서 등 이용자가 원하는 곳이라면 언제든지 달려간다. 책을 받은 이용자는 무한감동을 받을 것 같다.

생림면 하봉 마을의 박상출 이장은 이장회의 때 북 카페를 처음 들려 책을 빌려보다가 이제는 책을 꾸준히 보고 또 주변 사람들에게도 북 카페에 대해 알리고 있다.

북 카페는 책도 있고 정도 넘치는 곳이 됐다.

차도 마시고 수다도 떨고 봄에는 딸기, 가을에는 감을 수확했던 것들을 서로 나누어 먹으면서 오손도손 이야기를 나눈다. 사서의 열정과 주민들의 참여가 행복한 책 문화를 만들어 가고 있다.

정사서가 운영하는 북 카페 온라인 밴드도 마을의 소식통으로써 한몫하고 있다.

44명의 회원이 가입되어 있는데 카페 소식, 좋은 글, 신간

도서 소개, 유머 글, 아침 인사 등 일상의 소소한 소식들을 전해주고 있다.

또 하나의 자랑거리는 북 카페 단골 이용자 이수연(65세) 씨의 재능기부 활동이다. 이 씨는 북 카페에서 매일 정 사서와 차를 마시며 책 이야기를 나눈다.

이 씨는 10년 동안 하모니카를 배우고 있어 재능 나눔을 했으면 좋겠다고 정 사서가 제안한 것이 인연이 되어 나눔의 행복 수업을 진행하고 있다.

농업인, 전입, 귀농, 귀촌, 퇴임하신 분 등 평균 50대 이상 12명이 올 7월부터 매주 금요일 저녁 7시 30분부터 9시까지 북 카페에서 하모니카에 대한 열정적인 수업을 듣고 있다.

회원 중에 조경업을 하시는 노태경 씨는 일하는 시간 외에 매일 2시간씩 하모니카 연주에 푹 빠져있다. 이수연 강사가 자리를 비울 때는 노 씨가 회원들을 가르쳐도 주고 조언도 해주는데, 그는 성인반을 항상 모범적으로 이끌어간다. 젊지 않은 나이에 배우고자 하는 열정이 아름다워 보인다.

김윤경 북 카페 담당자는 "찾아가는 책 배달 서비스, 하모니카 수업을 기점으로 좀 더 북 카페를 찾아올 수 있는 다양한 프로그램을 만들어 가겠다."라고 했다. 특히, 통합도서관 시스템 연동 도입, 성인독서회 활성화, 독서 릴레이 등 다양한 북 카페 서비스를 통해 늘 가족처럼 열려있는 독서공간으로 항상시키겠다."라고 말했다.

생림면 북 카페
김해시 생림면 봉림리 648 복지회관 1층

책과 사람,
삶이 머문 공간

2. 마실 언니들!
도서관에 마실 가자 〈인문마실〉

책 읽는 도시 김해에는 구석구석 책 모임들이 이야기꽃을 피운다. 평범한 주부들이 평소 주부에서 벗어나 나를 찾고 타인과 함께 책에 대해 이야기하면서 행복한 삶을 열어가는 곳이 있다 하여 찾아가 보았다.

"베스트셀러보다 의미가 있고 주제가 있는 책으로 이야기를 풀어갑니다."

김해의 평범한 주부들로 구성된 인문학 독서 모임 '인문마실' 회원들이 책 모임을 하는 이유다.

그들은 매주 목요일 오전 10시부터 12시까지 김해시 가락로 94번길 7에 위치한 〈소리작은도서관〉에서 장소를 지원받아 책 모임을 하고 있다. 서로의 눈길이 오가며 언니, 동생 하면서 토닥토닥 책 읽는 기쁨을 공유하고 소통한다.

책 모임은 2012년도 여름 〈화정글샘도서관〉에서 운영하는 시민 인문학 교실 수업에서 몇몇 수강자와 인연이 된 김동규(인제대 사회철학) 교수의 제안으로 시작되었다. 그 후 4년째 자생 인문학 독서 모임으로 운영 중이다.

인문마실의 의미는 인문학이라는 학문을 하나의 소통으로 삼아 '마실 가자'라는 뜻이다. "마실 언니들 도서관에 마실 가자."라는 말이 이제는 일상이 되었다고 한다.

처음엔 4명으로 시작했으나 지금은 강사, 전업주부, 자영업, 학교봉사 도우미 등 다양한 직업을 가진 18명의 주부와 시각장애인 남성도 1명이 신규로 들어와 총 19명의 회원으로 구성되었다. 멀리 1시간 거리임에도 열정적으로 책 모임에 참석하는 회원들도 많아 인문마실은 그들의 작은 삶의 공간이자 생각의 공간이 되었다.

모임은 김동규 교수의 주제선정을 통해 이루어진다. 교육, 미학, 영화, 건축, 사진, 철학 등의 다양한 주제의 책을 선정하고, 회원들이 그중에서 한 권의 책을 정하여 책을 읽고 정기모임 때 2~3달간 깊이 있게 토론을 한 다음 궁금한 것을 풀어가는 방식이다. 책과 함께 관련 영화도 보고 문화 관련 전시, 기행도 하는 등 폭넓게 진행되고 있다.

2016년 첫해에는 부산외대 박형준 교수를 모시고 부산에 활동 중인 지역작가들의 작품을 한곳에 모은 〈연애소설 단편소설집〉으로 책 이야기를 풀어가기도 했다. 이 프로그램을 연계하여 지역 작가 한 분을 모셔 북콘서트도 열어갈 예정이다.

하지만 꼭 책에 대한 이야기만 나누는 것은 아니다. 아이들 문제, 교육에 관한 것, 시집에 관한 얘기, 남편 이야기 등… 일상적인 이야기가 나올 때는 시간 가는 줄 모르고 한바탕 수다가 이어질 때도 있다. 삶의 소소한 이야기가 이들을 더욱 모임을 단단하게 만들고 있다. 회원들은 밴드와 온라인 카페에 하루 토론한 내용을 작성하여 공유하고 자기의 생각들을 온라인상에 후기를 담아낸다.

독서 모임을 마치고 회원들은 "오늘도 심봉사 눈 뜨고 갑니다."라는 말을 입버릇처럼 내뱉는다. 특히, 회원들은 동상동의 외국인 식당에서 모임을 하여 다문화에 대한 이해를 넓혀갔으며, 부산의 한 노숙자 단체에 옷과 생필품을 기부하는 등 아름다운 봉사도 하고 있다.

장영선 회원은 "어머니끼리만 독서 모임을 하다 보면 전문지식이나 가벼운 시각들로 깊이가 없어 편향된 시각으로 해석할 수 있다. 하지만, 인문마실은 교수의 도움으로 미처 인식하지 못했던 시선들을 보고 좀 더 깊이 있는 이야기와 생각들을 가질 수 있어 좋았다."라고 말했다.

회원들은 책을 좋아하고 마음이 따뜻한 사람이라면 누구든 독서회에 참여할 수 있다고 전했다. 함께 책 읽는 기쁨을 공유하고 자기 가치를 한 단계 끌어올리고 싶다면 지역의 작은 책 모임에 가입해 보면 어떨까?

> **인문마실**
> 김해시 가락로 94번길 7 소리작은도서관 소모임 공간

3. 동화 같은 숲속 세계,
〈동시동화나무의 숲〉

고성군 대가면 연지4길 279-47번지에 아동문학의 꿈을 키워주는 동시동화나무의 숲을 찾았다. 내비게이션이 가리켜준 곳은 공사가 진행 중에 있었다. 다시 평동마을에서 좁은 길을 한참 올라가 보니 약수암의 넓은 주차장이 나왔다.

두 갈래의 길에서 700m를 도보 또는 차로 5분 정도 이동하면 된다. 숲속 길에는 동화나라의 숲속처럼 예쁜 벽화가 반겨주었다. 숲 입구를 알리는 표지석을 보니 안심이 든다.

고개를 넘고 넘어 도착한 곳, 감탄사가 절로 나온다. 문학관 앞뜰에는 붓꽃과 수선화, 달맞이꽃이 곱게 고개를 떨군다.

동시동화나무의 숲은 줄임말로 '동동숲'으로 불리고 있다. 숲을 가꾼 이는 배익천 동화작가다. 소탈한 이미지에 겸손함이 더한 이웃집 아저씨 같은 인상으로 포근함을 줬다.

숲에서의 중심은 열린아동문학관이다. 지상 2층으로 문학관 행사와 함께 작은도서관도 운영하고 있는 공간이다.

작은도서관에는 100인 아동문학가의 책과 사진이 촘촘히 서가에 꽂혀있었다. 기증된 도서와 함께 책 이야기를 나눌 수 있는 공간을 보니 벌써 아이들의 책 읽는 일상이 그려진다.

매주 주말마다 작가, 책 활동가들과 만나는 '동동숲 데이' 행사가 8회에 걸쳐 열린다. 지난 5월 11일은 소중애 동화작가가 책 읽는 방법과 함께 『단물고개』 그림책을 읽어주셨다.

또한, 책을 많이 읽으면 생각을 많이 하여 창의력이 생겨 미래에 중요한 역할을 하는 사람이 될 것이라며 강조했다. 작가의 책 『북극곰 엉덩이가 뜨거워!』 그림책으로 북극곰을 통해 어린이들에게 환경보호의 중요성을 알렸고 북극곰 살리기 낚시회 시간도 가졌다.

동동숲은 2004년 부산에서 횟집을 운영하는 홍종관, 박미숙 부부가 부지를 구입해 아동문학가들에게 나무를 한 그루씩 나눠준 것으로 시작되었다고 한다.

숲은 6만 평이라 가는 곳마다 색다른 묘미가 숨겨져 있어

동동숲 - 동화 속의 세계를 여행하듯 동동숲은 신비롭다.

신비롭다. 잘 다듬어진 돌에 새겨져 있는 작가의 이름과 아동문학 작가의 나무가 벌써 178그루다. 돌에 새겨진 작가의 이름과 작품이 선명하게 빛났다.

　숲길은 발길 닿는 곳마다 여유가 있다. 좁은 길이나 길이 나지 않은 곳도 의외로 볼 것들이 많았다.

　숲에 둘러싸여 오롯이 자연과 교감하는 시간들로 채웠다. 꽃과 풀, 나무, 곤충 등 연둣빛의 자연을 만났다. 우연히 소중애 동화작가가 써놓은 글샘전설의 이야기는 호기심을 자극했다.

"왼손으로 물을 떠 마시고 오른손으로 이마를 탁 치며 '앗쭈구리' 외친다. 그리고 5년 죽어라 노력하면 세계적 작가가 될 것이다."

숲으로의 산책은 자연과 함께 교감하고 청량함을 느낀 하루다. 이곳에는 열린아동문학상이 매년 6월 첫째 주에 열리고 계간지 「열린아동문학」도 펴내는 등 명실상부한 아동문학의 공간으로 성장하고자 힘껏 전진하고 있다.

숲속의 향긋한 내음이 동화책에 나온 것처럼 순수함으로 가득 머금은 오후 한때였다.

문화공간과 숲의 치유적 행복이 가져다준 동동숲은 아동문학 작가들의 꿈을 가꾸는 숲이고 아이들의 행복한 즐거움을 전달하는 열린 공간이다.

> **동시동화나무의 숲**
> 고성군 대가면 연지 4길 279-47

학교 도서관에 근무하는 사서가 책방 이야기를 쓰는 것을
의아해하는 분들이 있지 않을까라는 생각에 약간의 변명을
시작해 본다.

사서로 근무하면서 책은 모든 것들을 연결하는 하나의 우
주라는 것을 알게 되었다. 나는 별 하나하나 반짝이는 순간들
이 우주와 맞닿아 있는 상상을 종종 하곤 했다.

책의 우주는 그 공간을 구성하는 도서관 또는 책방만의 고
유한 것이라 생각됐다. 어릴 적 아무도 없는 책방의 구석진 공
간에서 나는 상상의 멋진 꿈을 꾸어보기도 했다. 지금이야 그
런 공간이 없어 아쉽지만 학교 도서관에서 근무하면서 아이
들의 책 읽는 모습에 어릴 적 꿈꿔왔던 삶이 조금씩 변화됨을
인지한다.

그런 의미에서 자연스럽게 경남의 동네 책방과 흔하지 않은
작지만 아름다운 도서관을 찾아보면 어떨까 하는 생각이 들

었다. 마침 경남 이야기 명예기자를 하면서 경남의 책방과 도서관, 인문 공간을 담아내고자 하는 계획이 구체적으로 서게 됐다.

주말이면 책들이 머무는 공간으로 여행을 떠나는 것이 설레며 행복했다. 경남의 동네마다 책방과 작은도서관을 들르며 책방이라는 공간을 책을 좋아하는 사람들과 공유하고 싶었다.

사실 어려운 점이 많았다. 인터뷰를 거절하거나 냉랭하게 대하는 경우에 부딪히면 포기하고 싶은 마음도 많았던 기억이 난다. 하지만, 책방 안 개개인의 사정과 사연들은 나에게 큰 감동을 주기에 포기할 수 없었다.

부부가 함께하는 책방부터 오누이, 친구, 직장동료, 가족 등 다양한 사람들이 모여 책방은 그 안의 삶과 일상의 이야기들이 함께 잠재되어 있는 꿈의 방이다.

한 분 한 분의 책방지기를 인터뷰하면서 책을 좋아하고 빠져드는 것이 부럽기도 하지만 안타까울 때가 더 많았다.

책방을 차리고 유지하는 것은 쉬운 일이 아니었다. 낮에는 강의를 하고 밤에는 책방 운영과 함께 글을 쓰거나 무엇을 만드는 등 고군분투하는 책방지기가 대부분이었다.

그럼에도 불구하고 사람을 좋아하고 책을 좋아하는 책방지기는 책방을 포기할 수 없을 것이다.

244

책을 사랑하는 공간에 있는 책방지기는 책과 함께 인생살이를 보듬고 마음의 상처를 치료하는 글의 향기 같은 사람이다. 책방지기만의 철학을 담은 책방은 그 향기가 다르다. 오래 남는다.

동네 골목골목마다 있는 작은도서관도 그런 의미에서 새롭고 반가운 마을 사랑방이다. 유명 인사들의 어린 시절은 책과 떼려야 뗄 수 없었다. 그런 멋진 공간에 사서가 있고 무한한 책들이 수놓아져 있다.

도서관은 머물지 않는다. 그 공간이 가진 역동성이 사람을 움직이고 책의 가치를 높여 나간다.

동네마다 소리소문 없이 퍼져있는 책 모임과 인문 공간도 또 그 얼마나 가치 있는가?

동네 골목에 책이 머무는 공간이 없다면 얼마나 삭막하고 쓸쓸하겠는가? 상상해 보라.

그래서, 한 톨 한 톨 쌓아가는 동네의 작은 공간들이 더욱 많아졌으면 좋겠다. 책들이 머무는 여행길에 소소한 삶을 사는 책방지기의 책 이야기가 전해졌으면 한다.

동네의 책방과 작은도서관은 각각의 방식으로 책과 사람, 삶이 머문 공간을 연결하며 전파하고 있다.

아직 희망은 있다. 그 공간에 머문 따뜻함이 스며든 정신이 있고 의미가 있기 때문이다.

경남의 동네 책방과 도서관, 인문 공간을 찾아다닌 것은 행운이었고 가슴 벅찬 나의 존재를 이끈 인생의 한 페이지였다.

이 글을 쓴 내내 가슴 뛰는 이야기를 하나하나 아낌없이 속살을 벗겨 내어준 책방지기와 사서, 관장님에게 감사의 마음을 전한다.

마지막 이 글을 끝내면 아직도 아쉬운 부분도 많이 남아 있다. 하지만 책과 사람, 삶이 머문 공간이 그저 좋아서 주말이면 떠난 소소한 일상은 또 다른 이의 그 공간에서 행복한 즐거움을 들여다보니 그 시간만큼 좋았던 기억이 생생하게 다가왔다. 저의 글이 경남의 책방, 도서관에 한정되지만 책으로 연결된 인간미 넘치는 정이 숨겨져 있음을 말하고 싶었다. 책방의 문을 열고 다가선 처음 만난 그 시간처럼 이 글을 읽는 누군가에게 책이 머문 공간이 조금이나마 도움이 되었으면 좋겠다.

나의 첫 책이 나오는 이 시점에서 어설프고 엉성해도 설레고 가슴이 뛴다.

2019. 6. 10.
햇살이 곱게 비치는 도서관 창가에서